小時候與母親合影。

張家口留影。時任軍聞社駐張垣市主任

西湖岳王墓前與同學陸靖先生。

右起：夏藍、夏夫人、夏先生、夏立言、陸靖先生及其小孩。

民國五十一年《今日台北》創刊與夏夫人合影。

結婚20年紀念。

全家福。

右起：次女夏紅、夏先生、長子夏立言、幼子夏立德、夏夫人
、次女夏藍

金婚紀念。

與小民女士合影。

青年作家宴請夏老師。
右起：張鈞莉、阿老、小野、夏先生、涂靜怡、保眞、
樸月、夏夫人、夏藍。

夏府宴請女作家。
右起：龔書綿、楊小雲、劉靜娟、小民、朱秀娟、夏先生、夏夫人、姚宜瑛、樸月、涂靜怡、丘秀芷。

詩人節與兩位詩人。
右起：向明、夏先生、涂靜怡。

夏府歡宴女作家趙淑俠返台。
右起：夏先生、小孫女、趙淑俠、夏立言、姚燮夔、
趙淑敏、孫如陵。

含頤弄孫：與小孫子可強共堆積木。

晨起澆花。

全家福——最後的歡聚。

長女白雲首次自雲南來臺探親時所攝。

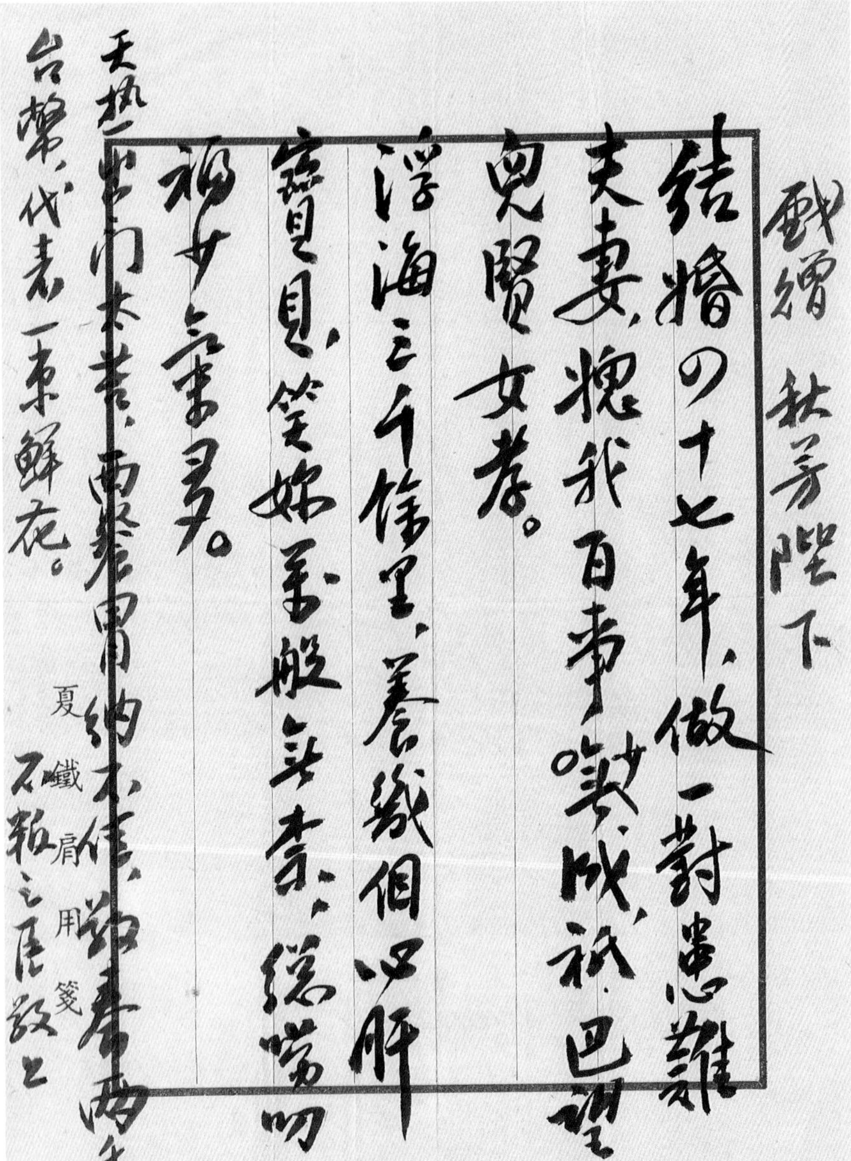
戲贈 秋芳陛下
結婚四十七年，做一對患難
夫妻，揔我百事嘍嗦，成就巴望
兒賢女孝。
浮海三千餘里，養幾個心肝
寶貝，笑嫁娶般般無素，總嘮叨
稱女氣男兒。
天熱，出門太苦，兩餐胃納不佳，勞君兩千
台幣，代表一束鮮花。
夏鐵肩用箋
不敏之居敬上

夏先生手蹟：戲呈秋芳陛下。

不老的詩心

三民叢刊 95

夏鐵肩 著

三民書局印行

見文如見人

——不老詩心代序

小　民

大家喜歡的老朋友、老作家夏鐵肩先生過世了。朋友們在悼念他的時候，起意為他的遺作編一本書。

夏先生一生從事文化工作，大半心力都用在鼓勵培植有潛能的青年人，助他們走上文學貢獻之路。夏先生自己卻沒有太多時間創作了。

但是，當我去夏府，從夏先生已發表的剪報中，選集文稿時，我驚喜夏先生竟有為數不少的長短佳文留下，而且文章的性質也多樣，計有：新舊詩詞、散文、評論、小品、方塊，僅方塊一項便不下百餘篇。

聽夏夫人說夏先生過世前，曾有心出版一本「方塊百篇」，可能是向他的好朋友、老伙伴孫如陵先生看齊吧？孫公以「仲父」為筆名寫方塊，已結集出版過幾本百篇。夏先生寫方塊的筆名不只一個，最常用的是「鐵陀」、「亦寒」。亦寒的筆名取得妙，加上他的姓就變成「夏亦寒」了！

但他的為人卻一點也不寒，相反的，他非常的熱情。我們由他的文章中就知道，夏先生對朋友、晚輩，尤其對家人，的確是一位難得的熱心腸。我們看他為兒女寫的：〈老爸的心曲〉、體貼老伴的〈春節合家歡〉、為朋友寫的〈快樂莫如朋友多〉，以及充滿愛國情操的〈十月艷陽天〉、〈中國是中國人的中國〉等文章，就知道他是一位多麼熱心腸的有情人了。人生道上，有幸做他的妻兒、朋友、學生的，是多麼幸運？

然而，這世界是個旅行的地方，每個旅者的行程長短不由己定。造物者給那一位在世上觀光的時間完了，他就要獨自下車。再多的親情、友情，也無法挽留片刻。我們只有加倍珍惜，保守日光之下的相遇、相親的機緣了！

當我們的至親所愛的人，先我們而去時，也唯有將難捨之情化為文字，表達心聲。我們由本書附錄內夏先生的三位兒女：夏藍、夏立德、夏紅，三篇和著淚水寫成的悼父文，及許多發表報端與夏先生知交如：孫如陵、應未遲、司馬中原、墨人、黃文範、姚燮夔、李元洛、小民等至情的追思，還有跟夏先生建立了師友情誼的青年作家如：小野、朱婉清、謝霜天、涂靜怡、樸月、朱秀娟、趙淑俠、趙淑敏、陳韻琳、保眞等，更含悲述說感謝心意，可惜都遲了一步，沒在他生前當面說給他聽。但我相信，夏先生必在另一個世界，看見我們為他編輯的這本文集，當會深感欣慰，這是紀念夏先生最好的方法。

環顧當今文壇上，如夏先生這般能文能詩，抒情說理全能的筆還不多見。劉靜娟慧眼識鐵肩，曾拜託懇請夏老為新副撰寫風趣感人的抒情散文多篇。您讀後一定由衷佩服靜娟所言：「薑是老的辣」。

黃文範的〈不老的詩心〉，則分析夏老的長短詩詞，十分中肯、十分精彩。因此，本書書名便借重黃文範評詩的篇名：「不老的詩心」了。

最後，要謝謝三民書局劉振強董事長，若不是他高情厚誼，接納夏先生文集加入「三民叢刊」，這本書還不知道那年那月才能和讀者見面呢！

身為本書編者，溽暑揮汗細讀精選老友遺作，我深深感到了：「見文如見人」的喜悅！

不老的詩心

目次

第二輯　散　文

第四輯　附　錄

第一輯　詩詞小品

第一輯　老屋小品

母親的毛線披巾

這張與母親的合照拍攝於三歲生日時，我穿著長袍馬褂，右手提著母親的十字布繡花手袋。

相片中攏在母親手上那條又寬又長的毛線披巾，曾經在好多個寒冷的冬天溫暖地覆蓋過我。我十歲那年，寄宿在新柳寺讀書，母親把披巾拆掉替我改織成一件毛衣。十五歲那年，我長得很高了，母親再把毛衣改織成一件背心，直到我後來考進軍校還穿著。軍校畢業後分發到東南戰區的前線去，路過家裏時，母親瞧這件背心實在不能再穿了，又費了一個晚上工夫，把背心改織成一雙護膝交給我。到二十九年，在一次對敵攻防戰役中，才無可奈何的丟失了。

紅色詩

——賀老妻生日

相伴嘮叨自有緣
嘮叨半世意纏綿
從來不願嘮叨苦
寧願嘮叨到百年

舊夢入新詞

——觸緒填「菩薩蠻」五闋

韋莊，字端己，是五代殘唐時最著名的詞人。端己少幼能詩，以艷語見長。當他赴京應舉，適遇黃巢引兵犯闕，端己作〈秦婦吟〉，有「內庫燒爲錦繡灰，天階踏盡公卿骨」名句，傳誦海內，人稱端己爲「秦婦吟秀才」。

韋端己的詞作，以〈菩薩蠻〉五闋，最爲膾炙人口。

近讀老友張萬熙（筆名墨人）所著《全唐宋詞尋幽探微》一書，其中有對這五闋詞的評論說：

「〈菩薩蠻〉眞是絕妙好詞，『畫船聽雨眠』，是江南水上生活的獨特美妙經驗，而『未老莫還鄉，還鄉須斷腸！』以及『白頭誓不歸』更寫出對江南留戀的深情和淒涼的美。他這些詞和杜牧的〈遺懷〉七絕：『落魄江湖載酒行，楚腰纖細掌中輕，十年一覺揚州夢，贏得青樓薄倖名。』可謂異曲同工。但韋莊的詞，更富有含蓄美。韋莊詩詞均佳，更是唐朝最重要的詞人。」

我對韋莊詞的崇拜尤不止此，數十年來，吟唱他這五闋〈菩薩蠻〉，反覆何止數百遍。學塡而總是塡不好，每塡「菩薩蠻」，塡成後再撕棄，已記不得浪費了多少時間和稿紙，眞所謂「雖不能至，心嚮往焉」。去年歲末，今年春初，運舛時乖，情懷極惡。病起讀墨人大著，百感交集，觸緒塡「菩薩蠻」五闋，不計邯鄲學步之可醜也。詞錄後：

一

春來鎮日瀟瀟雨，濃雲密捲疑龍舞。南下又寒流，過山風滿樓。移情惟按曲，細聽餘音續。不動是蓬萊，明窗十扇開。

二

嚴城燈市紅霞鬧，香車銜雨輪年少。有夢繫鄉心，誰為掃積陰？俗情拋念外，靜後聞天籟。漫欲鬥機鋒，中原多蟄蟲。

三

湖濱躍馬人知少，相傾相妒憂心悄。無奈誤浮名，虛追落日行。病除身苦倦，下筆剛腸見。腐鼠列芳腴，人間賤丈夫。

四

昔年我亦江南客，詩情眷眷瓊英宅。春苑斷腸天，深閨實啖然。　抛書因午倦，滿枕桃花片。白髮儻重來，相思寸寸灰。

五

物華縱信春無改，疏狂癡傻吾何悔？舊夢入新詞，良辰總失期。　繁花開易落，空剩胭脂萼。高議正紛紛，江村清嘯聞。

迎春曲

——贈泰國詩人社尼巴莫親王

沒有愛情，春天不是春天
沒有自由，壓根兒沒有春天
春天，是生命永恆的象徵
生命的意義是虔誠爲春天奉獻
而詩人，是「心靈之春」的設計師
創造春天是詩人畢生的志業

詩人曾不惜用血肉與靈魂
去化爲蒼翠的喬木與灌木

或一望無垠的綠色草原
或千萬種彩色絢麗的奇花異卉
世界上何可一日沒有詩人
世界上何可一日沒有詩人

試翻閱歷史的悲痛紀錄
多少殘暴的專制魔王
多少凶狠惡毒的侵略者
他們製造黑暗與恐怖
他們企圖一手毀滅春天
但，有誰眞個能毀滅了春天

二十世紀是個新黑暗時代
三分之一的人類被關進地獄裏
他們已長時期失去了春天

而愚昧自私的獄外人呵
多數只顧自己的院子裏有花
絕不關心有人看不到一株綠草

扼殺人類自由的劊子手
永遠仇視創造春天的詩人
因爲詩人是天生的溫情主義者
詩人有天生的布爾喬亞意識
詩人有天生的是非觀念和正義感
劊子手太恐懼詩人吶喊的鈞天音響

您，泰國春天的大設計師
在第二次大戰的恐怖時代
您曾領導「自由泰國」運動
爲您的祖國創造了絢爛的春天

如今，您又不斷寫下壯美的詩篇
呼籲全世界的詩人團結奮鬥

您不同於索忍尼辛
卻有同樣的智慧與道德勇氣
您說：詩人要有時代的使命感
　發揮自己的力量爭取幸福與自由
這正是我們共同的聲音
詩人，請接受我們的敬禮

詩人的心玲瓏相通
爲全地球設計永恆的春天
是我們共同仰望企求的標竿
世紀末的嚴寒已到了盡頭
詩人，請容我們先寫下這首〈迎春曲〉

作爲中泰詩盟的簽署與宣言

後記：馳譽國際的桂冠詩人泰國社尼巴莫（Sani Pramoj）親王，出身牛津，二次大戰期間，領導「自由泰國」運動，獲我先總統蔣公全力支持。日軍投降，三度出任泰國總理，深受其國人愛戴。社尼氏雅量高致，才情橫溢，於文學藝術，博涉多通，尤長於詩。詩風奔放雄健如我國之蘇髯，亦間有輕靈婉約彷彿晏元獻之《珠玉詞》者，極閑雅有情思。所著 *Interpretative translations of thai Poets* 集中，可概見之。近應邀來華訪問，本月二十一日上午在臺北賓館與我國詩壇人士會晤，名詩人鍾鼎文先生主邀。社尼氏之中國摯友馬紀壯、杭立武、張貴祥諸先生亦陪同參加。座中社尼氏朗誦泰國詩及其創作，意氣風發，舉座盡歡。余深仰其思想器度，匆遽間成詩四十八行，未盡欲言，聊表敬佩之忱而已。

海夢

南方有鳥，其名曰鵷鶵，子知之乎？

——《莊子・秋水篇》

鵷鶵如一葉核子動力的飛舟
渾身羽翼全是精密的雷達
巡航在不見涯際的海空
從北溟到南溟
作自由主義者的逍遙遊
鵷鶵飛掠百丈洪波的頂峯
起降如一顆靈動的音符
在海的五線譜上寫出東方的神曲

兩翼挾著超強波的電眼和電耳
攝錄海上眞實的音響和影像

眼見屈靈均的座車掠海而馳
宋玉在車後向司馬相如招手
這位統領八海的海伯變得傲慢了
燕尾服的襟口上插一朶荷芰
仰著桂冠向西極疾馳而去

李太白多早晚都是醉醺醺的
這個說大話的詩人在海上釣鰲
擴音機播出他的〈懷仙歌〉與〈飛龍引〉
杜子美直讚美老友那份跋扈的豪情
眼睛卻斜瞟著船頭那一箱白蘭地酒

15・夢　海

鮫人從馬里亞納海溝中探出頭來
李義山接過一袋眼淚做的珍珠
惘然地輕拂音調憂傷的錦瑟
李長吉凝望那個舞弄金環的海女
也和聲太息自己追不回的年華

韓文公害著嚴重的暈船病
四顧茫茫秋水深悔這一趟遠遊
王建告訴他故鄉的池水乾了松樹死了
安慰他祇有有水的地方才不愁貧窮
不要老吟誦那一首煩人的將歸操

海風捲起翻飛的旗影
黃昏的霧海有一萬種淒迷
溫庭筠習慣地叉手叉叉手

尖著嗓子演講荒唐的浪漫主義
成百海東青是他的擁戴羣

紫外線透過夜海的暗礁
攝下鄭聲當令的時刻
攝下桑間濮上之音流行的時刻
攝下楚歌囂張的時刻
攝下錢牧齋鼓吹現代詩的時刻

鏡頭又化入另一個動人的場景
范仲淹以秋濤浣洗他的憂懷
讓履霜一操的琴音伴奏那闋〈漁家傲〉
蘇東坡不斷爬梳著他那把大鬍子
用整瓶的荔枝酒澆他的塊壘

狂飈使岳爺衝冠的怒髮更憤怒
向海天發出的長嘯更懾人心魂
零丁洋的濁浪不斷撲擊著惶恐灘
有文天祥悲壯的歌呼陣陣廻響
獨放翁猶自癡候北定中原的家祭

九天之上傳來一道綸音
天既生仲尼，決沒有萬古的長夜
愛情永遠是生命的能源
正義永遠是自由的鈾礦
詩三百篇將發射永恆的人性之光

鴕鷂終於飛越過黑夜的盡頭
又見金龍把旭日自咸池中推出
百隊長鯨鼓浪作莊嚴的前導

赤道流與兩極流相互沖激
海水遂沸騰如震響的奔雷

海是宇宙的詩，詩是文化的海
詩海匯集無數感情與智慧的涓滴
詩的文化是寂寞也不寂寞的文化
鵜鶘遊目於詩的文化的海上
耐性尋覓蒼龍和彩鳳的吟嘯

胸中有山

胸中有山——
一座山、兩座山、無數山
山上有石——
玲瓏石、血化石、補天石
石旁有樹——
迎春樹、古梅樹、菩提樹

山是憂患的泥土
石是智慮的凝積
樹是生命的新機

新機在憂患的泥土中生根
石髓便成爲神奇的營養
於是，強矯的生命之樹
終於開滿了放射異香的花

錄音帶

曾把艱危視若一盞咖啡
從容品賞它苦口的芳烈
不斷爬梳濃密的青鬢
等待它爆發璀璨的火花

也曾在兵塵裏射虎屠蛟
自愧何如那陽羨的豪俊
細數留滯海東那些個華年
眞怕聽匣劍在夜深長嘯

沾一身涼露攀上山巔
觀日臺前有羣黎凝睇
空際可仍見蛇翻鼠滾的煙雲
誰識得洋和尚們低眉的默禱

袖起手來思量罷
扣起指頭來推算罷
別識訶屈靈均日暮欲何之
蕙蘭葉可能是最佳的錄音帶

第二輯　散文

第二冊 [illegible] 文

春節合家歡

農曆年是中國人優質傳統文化產品的代表作，那種祥和的氣氛，優閒的步調，有趣和極富人情味的活動方式，無一不表現人生積極的意義。儘管農曆年早改了名稱叫春節，可許多習俗還是在繼續的傳承。連好些主張徹底西化的「高智份子」和「假洋鬼子」，也並不廻避農曆年節，照樣過得不亦樂乎。

我們家親戚朋友不少，兩口子又挺愛熱鬧，早些年身強力壯，忙東忙西，做什麼事都起勁。每逢農曆春節，總有幾位單身朋友被邀請來家度歲。除夕多半玩通宵，初一初二初三這幾天，家裏客人不斷，吃飯的時候，吃到一半，常會有不速之客連袂蒞臨，得臨時一而再的燒飯添菜。幸好敝內甚是賢能，年節前早就準備好蒸鷄、蒸魚、臘肉之類頗不少，梅干菜扣肉和紅燒蹄膀，也常常預先做好十來碗，隨時都可以添，不虞怠慢了朋友。尤其是紅白蘿蔔海帶蕃茄燉排骨撒上胡椒末，及芋頭絲煮牛肉絲的湯，撒上靑葱和咖哩粉，都是大鍋侍候。

好多在我們家吃過的友好，二三十年後，還依然記得，並且津津樂道。

最近五六年，內人一場大病之後，健康遠不如前，家裏也沒有僱人幫傭，平時做頓家常菜請朋友，都覺得好累好累，所以過年再也不敢邀請朋友來家吃飯玩耍。只是讓兒子媳婦、女兒女婿帶著第三代羣回來團聚一下。

可是大年初一上午，還是有幾個親戚晚輩，固定要帶著一家子來拜年，當然要留吃中飯。有時大大小小玩得高興，一玩就是一整天。雖說女兒和媳婦會幫點忙，但吃喝照應還是得靠老太太挑大樑。二十幾口人，又熱又鬧的攪合十幾個鐘頭之後，光說復員善後，就够瞧的緊。

等到一切整理舒齊，滿頭白髮的老妻在躺椅上直嚷腰痠背痛，發牢騷說：「過什麼年？明年我們兩個定要到南部去躲一個禮拜再回臺北！」她牢騷歸牢騷，到第二年又早早就作過年的準備，舖排一切年景所需。從大掃除開始，到布置盆景燈彩，購辦香燭鞭炮、葷素菜肴、水菓糖食，以及請出祖宗牌位，到銀行兌換新鈔票，計算大小紅包等等，眞個是事無鉅細，點滴不漏。大概總要忙到除夕十一點左右，才有空下樓，到馬路對面去找七號阿秀替她洗個頭，做個髮，迎接大年初一的來到。

差不多每年都是這個老樣，全家都很歡樂，吃得舒服，玩得暢快。瞧著大家歡樂，她自然也歡樂，可最忙最累的是她。畢竟歲月不饒人，難怪她一陣忙累、熱鬧、歡樂之後，會感到腰痠背痛，會忍不住發牢騷。而一個循環，又一個循環，誰也沒有去想到所有的歡樂是她多少忙累換來的，以她的年齡和體力而言，她又忙累得多勉強自己。

大概是前年罷，老么夫婦提議春節全家到夏威夷渡假，內人很高興，雖然我們夏威夷已去過兩次，但好幾個離島都不曾去遊過，而且全家同遊，比單獨去有照應，也有趣得多。沒想到臨時訂不到十二個人的機票，去日本倒是有機位，而日本我們去過更多次，又嫌天氣太冷，最後決定作罷，還是照舊在家算了。

去年，兒女們回家吃臘八粥那天，我思忖著這回非「求新求變」不可。於是以一家之主的身份下達命令，農曆年前後五天，全家都到中南部去旅遊過年。

老四因爲她婆婆剛從美國回臺灣，她們夫婦和外孫女無法與我們同遊。恰好老大是一個叫「合家歡俱樂部」的會員，手邊有足夠四個晚上、三個房間的免費住宿券，同時有六個渡假據點可供選擇。老四她們三口不去，我們三組九個人，住三個雙床位的房間正好。因此就立即選定「合家歡」在花蓮的鯉魚潭渡假俱樂部爲落腳處。提前在大除夕的前一天，由老大和老么各開一部車，清晨五點鐘不到就出發，經由北宜公路轉蘇花公路前進。

天色還是暗的，路燈特別耀眼，一路少有車輛行人。出了市區，上了高速公路，兩兄弟把車開得飛快，進入濱海段，朝暾初上，海天都無涯際，景觀美極了。孫女兒可安搶著抱了她哥哥可意買回來的那隻小狗可樂，讓牠把頭伸出窗外，瞅著我們跟上來的車汪汪叫，像是對一向喜歡作弄牠的小孫子可強打招呼，怪有意趣。

八點鐘以後，車流開始擁擠起來，蘇花公路那一段，堵塞得相當厲害，眞個是「一走二三里，停車四五回」。就這樣走走停停，我們兩個老的便趁機閉目養神，一直到池南村林園路的賓館前停車，才知道到了目的地，一看錶已經十一點，算一算共費了六個半鐘頭。

鯉魚潭俱樂部只有六十個房間，全部爆滿，因爲是會員制，按預約登記的先後爲序。後登記的只有到池崗村的分館，分館在鯉魚潭潭邊，本館則在森林遊樂區的山谷中，設備都還算不錯，各有不同的情趣。餐廳供應的中西餐飲，取價甚廉，相當精潔。並設有一間寬大的KTV室，另有會議廳，露天網球場和羽球場。林園花圃、魚池都有專人照管，但游泳池春節不開放。這裏自然環境甚佳，空氣新鮮，也沒有噪音的干擾，完全沒有塵囂。我們住的房間是連接的，中午用過午餐，大家都覺得很疲倦，倒頭便睡，一覺醒來，已經時近黃昏。我們僅能在附近隨便走走，看看青翠的山巒，聽聽潺湲的溪水。

不巧的是一連四天都下大雨，從除夕一直下到初三，我們白天出去遊覽，差不多都是坐在車子裏，只有在雨勢略小的時候，撐著傘下車走一走，舒展一下筋骨。倒是初一那天，我們繞著潭邊步行了一圈，雨中的潭景，別有一番情趣，路上只有我們家的一行九人，加上一隻小狗，就再也沒有別的人影，好像這片天地，完全是屬於我們的。老妻說了一句很有趣的話，她說：「做神仙恐怕也不一定有我們現在這樣快樂寫意罷。」一副十分滿足的樣子。

森林遊樂區就在本館的前方不遠處，初二下午，突然來了成百的男女青年，他們可能都是在學的大專學生，只見停車坪擺滿了摩托車，他們縱情的歌唱、縱情的歡笑，一下子把這山區點染得十分熱鬧。天雨路滑，我們只能走到山腰爲止，沒有勇氣再向上爬。我說了句「年輕眞好！」老三回應我說：「您們也年輕過呀，何況，像您們兩老又有什麼不好？」心想「也對，他們年輕有什麼好羨慕的？」

旅遊渡假，最要緊的是把心情放鬆，什麼事都別去想，天晴下雨也都沒有關係。老中青三代人歡聚在一起，五天的時間不算長，可也不算短，白天徜徉於山水之間，晚上聊天、看電視、唱卡拉OK，甚或打麻將、玩橋牌、擲狀元紅，都大可以隨興之所至，無可無不可，這才是眞正的「合家歡」。

鑒於羊年初三從花蓮回臺北，路上因爲擠車浪費了十一個鐘頭，所以猴年春節，就決定近一點，全家到三峽的「山中傳奇」去度假。我們留在大陸的女兒老二，年前鐵定到臺灣來探親，我想猴年的春節，將會給我們帶來更大的快樂，我們全家都在伸長頸子佇望著。

老爸的心曲

我五個兒女，一頭一尾是男孩，中間三個女孩。老二當年是祖母的最愛。三十八年我們夫婦要來臺灣，母親躭心我們負累太重，也著實捨不得老二，便讓她留在老家陪伴祖母，因爲我還有妹妹和弟弟在家，所以也就比較放心。

到臺灣初期，生活很苦，工作很忙，原想能夠在稍微安定一點的時候，把她們祖孫倆接過來，哪兒知道蹉跎復蹉跎，大陸只幾個月工夫就全部土崩瓦解。而我妻從大陸帶著個大肚子來臺灣，不久生下了老四，家庭擔子越來越重，隔了兩年，又生下老五。這時大陸全部張起了鐵幕，我們心懸兩地，連音訊也不通了。一晃眼就過了四十多年。

兒女們總是要長大的，長大了他們自有自己的天地，我是一向主張「小家庭制」的。老大結婚時，他和媳婦都在新竹教書，很自然的成立了一個小家庭。老四是女兒，她結婚後，自然與女婿另組一個小家庭。女婿是個標準公務員，熱心社會公益事業，兼了捐血協會的監事。老五結婚時，曾好意要求和我們住在一起，說便於「晨昏定省」。我說：既然結了婚，就該自由自在去過過當「戶長」的癮，這是人生最重要的起步，好好去經營一個新家罷。小兒子的新家經營得甚好，只過了兩年，他們夫婦倆便堅持邀我們去共住，讓我們住一層樓，他們住一層樓，我們上樓吃飯，吃完下樓，各有生活天地，可分可合，小兒子媳婦善體親心，同居五年，大家都很愉快。

又多少年過去了，兒女們的兒女也都是青少年了。只有老三至今尚未結婚，她有份穩定的工作，性情開朗中和，她的人生觀介於傳統與現代之間，是個絕不落伍但也並非前衛的逍遙派單身貴族，她的原則是「不排斥婚姻，但絕不爲結婚而結婚」。這樣也好，誠如她自己說的：「有個不要工資的下女兼司機，有個朝夕承歡膝下的開心菓，每個月還多少總對兩老有點孝敬，這有甚不好？」有時她媽嘮叨幾句，她會生氣說：「我又不是醜八怪，也不是三八阿花，更不是不能獨立的寄生籐，有緣遇上我認定可以合得來的人，我當然不會拒絕，我不急，你們急幹嗎？」既然這樣，我們就隨著她等待罷。

妻是個有「女強人」性格的人，兒女們小時候，她管教得十分嚴厲，我則比較寬和。她爲了孩子們淘氣不聽話，老責怪我應負「養不教，父之過」的責任。硬說我對孩子放縱，讓她做惡人，我站在一邊做好人。

其實，我認為孩子哪會有不淘氣的，做母親的已經夠嚴厲了，如果我也一樣凶巴巴的，孩子們怎麼受得了？儘管說金子是要在火中鍛鍊才能顯出精純，但火太猛太烈，一小塊的金子就會被溶化掉。所以我不能不對孩子們採取較溫和的態度，絕不能與她齊一行動。

記得我八歲那年，在一本少年雜誌上讀過一篇文章。那是一篇翻譯稿，題為「懺悔」，文首有幅插圖，畫著一個可愛的小男孩，甜甜的躺在床上熟睡，披著睡袍的父親，一隻腿單跪在床前，慈愛的眼睛凝視著孩子天使般的臉，口裏似在喃喃自語。文章裏敍述這位父親，從早餐時斥責孩子在麵包上牛油塗得太厚、喝湯嘓嘓有聲開始，接著責怪他故意把腳踐踏在積水裏戲耍而弄髒了衣服和皮鞋，一天中多次罵孩子不該這樣、不該那樣。當他靜夜看著孩子熟睡時天眞無邪的臉龐，他感覺孩子白天的行為沒有一件是不能原諒的，沒有一件應該受那麼嚴厲的責罰。他感到無比的內疚，深深的自懺，因而寫下這篇動人的文章。

我自己的童年是在備受呵護的溫室裏度過的，別說挨打，似乎輕微挨罵的情形都不會有過，而我的淘氣調皮，實在遠過於「懺悔」中的那個孩子，因此對這篇文章印象深刻，隨時會泛上心頭。我覺得自己太幸福，做了父親後，也就很想我的兒女得到同樣的幸福，只可惜他們所處的時空，不可能有像我童年那麼優越的成長環境。

五十年代初期，四個蘿蔔頭都還小，每次出門看電影、逛公園，坐在三輪車上就像堆饅頭一樣，成爲街上的奇觀。無論在什麼地方，總難免你吵我鬧，大呼小叫，看見什麼人都會打招呼，好像天下一家。那年頭租房子住，空間小，孩子們便向外發展，每天不是三個小的受了鄰家孩子的欺負，哭哭啼啼回家，就是老大欺負了鄰家小孩，大人跑來告狀，妻便在老大的頭上鑿栗子，弄得大小一齊號哭。老大如今年近知命，有時閤家歡聚，還不時談起童年往事說：「當年老媽年輕力壯，鑿起栗子來，眞是顆顆堅實。」老公調侃地說：「你這個老大算是生逢盛世。」

老大老三讀書還不錯，從小學到大學，都沒有讓我操太多的心。兩個小的，尤其是老四，最讓我傷腦筋，不知怎的，她特別不喜歡算術，讀小學時，有次成績單上算術只有十四分，她母親恨得牙根癢癢的要打她手心。我趕忙說：「不要打，他老子當年幾何只考三分，他居然能超越十一分之多，幹嘛還要挨打？」

這孩子算術雖不好，作文倒是不錯，似乎還有幾分繪畫的天才。她的第一張創作畫，是六歲時用鉛筆畫了一張「弟弟偷菜吃」，情態十分生動傳神。我著實誇獎了幾句。誰知以後小學六年中，她畫了許多自己編的故事畫，水準遠超過她的學力和年齡。小學畢業，她沒有考上公立中學，去讀一所根本不必考的私中，這所私中以出太保太妹聞名，不到三天，便被一個太保男生拿小刀揷在課桌上嚇了回來，怎麼說她都不敢再去，只好讓她補習一年重考，仍然沒有考上。她弟弟也沒有考上。放榜後，兩姊弟靜悄悄呆在自己房裏不出來。第二天，我見書房桌上擺了一封洋洋千言的長信，是老四寫的。大意說她喜歡國文、英文和繪畫，數學是她最大的敵人，她決定不再升學，專在家讀國文，上午去陶伯伯或高伯伯家學畫，下午到美爾敦學英文，學好英文學好畫，國文也有了根柢，將來一樣能有成就，務必請我答應她的要求。我當時不禁失笑，給她母親看，她母親覺得倒也未嘗不可。

到了傍晚，我單獨叫她和我一起去散步，起先我表示贊同她這個想法，她立即一掃臉上的陰霾，大談她的抱負和理想，越說越高興。當朝原路回頭走的時候，我故意「呀」了一聲，然後說：這樣雖然很好，不過有個問題你得再考慮一下。她驚愕的問什麼問題？我說：「臺灣戶籍法規定年滿十四歲就要領身份證，證上有學歷一欄，你願意學歷欄內一輩子塡寫『小學畢業』四個字嗎？」她傻眼了，半晌沒有吭聲。我接著說：「難道你眞的不願意像哥哥姊姊一樣，一路接受正常的學校教育，認識很多同學朋友和老師嗎？」這時她說了：「那倒也不是，只是我好恨數學。」我說：「你聽過『化敵爲友』這句話沒有？假如你不去恨他，而去愛他，和他做朋友，我相信他會像國文、英文和繪畫一樣的吸引你。」她不作聲了，我趁勢說：「有所私立中學的校長，是爸爸的同學好友，你和弟弟都去讀這所學校罷，讀完初中，可以直升高中，只要自己肯努力，將來照樣可以考上大專院校，你多想想看，怎麼樣？」

這一招很奏效，老四老五在這所學校的校長老師特別照應下，兩姊弟自動自發，很肯上進，六年中一直保有最優班的前一、二名，後來也順利分別考上了大學理想科系。

我對兒女們的課業，向來只有勉勵而絕不施加壓力，只是對他們生活作息，課餘活動，卻不能不注意，處處要預防他們受到可能的侵害以及任何變壞的傾向，我們夫妻倆會隨時與學校聯繫，也很樂於參加家長會。別說求學時代如此，就是他們進入社會後，對於他們工作的性質和環境，也一定先求得充分的瞭解，但絕不作干預，一切尊重他們自己的選擇。他們也有碰得滿頭疱的時候，我也讓他們自己在實際生活的經驗中獲取教訓。

五十六年，我家住在永和成功路，那裏地點相當荒僻，房屋也很疏落，小女兒初在桃園工作，必須凌晨五點出門，走很遠一段路去搭公車，再轉乘到公司的交通車。我就是不放心，很長一段時間，每天早晨陪她到車站，她下班要七點半才能到家，冬天早已昏黑，我一定去車站接候。有好幾回因事沒有去接她，天佑沒有出什麼意外，眞是感謝上帝。

如今這四個兒女，最小的也已達不惑之年，雖然談不上有什麼成就，總算都有正當職業，沒有誰爲非作歹，辱沒家聲。我從未預設模式，用我自己的框框去套住他們，我盡力讓他們完成高等教育後，就聽令各人自立自主。假期暇日，他們會聯袂回來，享受他們母親的精美烹調，有事沒事，也常通個電話，或陪我們郊遊，或到某些勝地去渡假。年節和全家大小每個人生日，大家一定都聚在一起，歡樂的度過。我夫婦兩個都已退休，生活無虞，並不需要他們「反哺」。但他們也會分別適逢其時，恰如其分表示一點「甘旨之奉」的敬意。

幾個內外孫男女，個個聰明調皮，長孫一八五公分的身高，「強爺勝祖」，最少要超過上兩代十公分有餘，說話幽默而本性溫厚。小孫子五歲就會下棋、打麻將，每有奇招險著，讓老手們為之驚歎，現在常可做祖母的「代打」。孫女兒今年剛考上大學，漂亮能幹，炒得一手好蛋炒飯，會做港式玉米濃湯。讀國中的外孫女，是個很懂事的小可愛，她會隔不久打個電話來問好，有次她十歲生日，外婆問她想要什麼禮物？她脫口說：「什麼都不要，只要外婆做一樣蔥烤鯽魚就好」。像這個樣子的「重闈」之歡，恐怕是我一輩子平庸生涯中唯一的「成就感」所在。

人生難免總有些缺憾，有些缺憾可以彌補，有些缺憾卻彌補不了。像我家老二，四歲把她丢在大陸老家祖母的身邊，黃金般的童年，就是沒有享受過父母之愛。陷共後，這個嬌嬌女忽然變成了黑五類，吃足了苦頭，十年前我與她在香港見面，抱頭痛哭，再看著兩個十來歲的外孫，形容憔悴，瘦骨嶙峋，更是心酸。十年來每次出國過港，一定約她見面，總算把這已經斷了三十幾年的親情，重新接續起來。前兩年我夫婦回鄉探親，瞭解她這些年更多的生活實況，沒有別的，只有儘可能在物質上予以濟助，使她的生活稍獲改善。最近她來信說，大外孫將於十一月在雲南結婚，熱望我們去參加婚禮，我們當然準備去，但願她從此苦盡甘來，中國早一點完成和平統一。讓我許多無可奈何的歉疚，隨著時間慢慢淡化。

一件眞正莫可彌補的缺憾，是我長媳三年前遇上車禍意外去世。他們夫婦鶼鶼情深，長子至今尙未有續絃之意。他們在大學同年級，交往了六年才結婚，我們一直把她當女兒看待。做了二十年我家的媳婦，功多多而過少少。我們全家都愛她、懷念她，她遇上這種意外，是多令人心痛的憾事，怎麼補？

再過幾天就是父親節，每年父親節，兒女們都會想些花招把我圍繞在核心，老妻也慣常十分湊興，把我捧得高高的。其實我對兒女們付出愛與關懷，調子打得很低，不寄望他們如何成龍成鳳，只要求他們莫做壞事壞人。這一點，他們做到了，而且似乎還超過了一點我的預期。小外孫女常說：「外公的福氣最好了，天天享清福！」這哪兒算是清福？我這個老爸爸不過是「庸人多厚福」，託靠你們老媽媽的一點傻福罷了。

「壓歲錢」憶往

過了臘八，年味一天天濃起來。已往農業社會，鄉下人生活安定，很少變化，籌備過年的節目，是樁大事，從臘八這天開始，家家緊張忙碌，安排大小應景的事務，惟恐有什麼不週備。就拿準備壓歲錢這一項來說，也不是件簡單的事。

有些地方壓「歲」錢又叫壓「祟」錢，是除夕晚上闔家吃過團圓飯後，晚輩向長輩辭歲時領取的紅包。按規定這個紅包要放在枕頭底下，這樣就可以鎮壓邪祟。到第二天敬過祖先，向長輩拜過年後，才能拿出來使用。

我孩提時代，農村四代同堂的大家庭還很多，年景遠比現代和諧熱鬧有味道。我家是一座三進老莊屋，原是曾祖父、祖父和叔祖父立下的基業。到我父親這一代，有嫡親兄弟五人，嫡堂兄弟四人，父親居長。我出生後，曾祖兩代都已去世，人丁卻增添了一百多人。因在兩廂再建新屋，九兄弟同居各爨。

我九歲時，父親見背，家政由母親主持。她輩份最高，我家的經濟情況也較好。每逢過年，發壓歲錢就變成一項重大節目。名義上是壓歲錢，實際上也有濟助的意義。所以無論男女大小，只要是共曾祖父的，人人有份，不過各有等差而已。

大概早在十二月初，母親就吩咐老管家準備發谷子下船，運到省城糧行變賣成現錢回來，包括成捆的銀元和銅幣。那年頭的幣制，雖也有紙幣，但不受鄉下人重視。銀元又叫「花邊」，每枚重量達七錢二分，可兌換銅元六千文。銅元又叫「大毫子」或「大銅板」，上面鐫有「當制錢二十文」字樣。五枚銅元叫一百錢，五十枚叫一吊錢，六千文就是六吊錢，也就是三百個大銅板。一枚大銅板可買一根油條或一個燒餅，兩個大銅板可買一枚鷄蛋。可見那年頭生活指數之低，一枚銀元的用途還著實不小。

母親根據一本現成的名册，按親疏輩份酌定壓歲錢的數目，親手一份份包好。數目分配，嫡親叔叔們各二十元，嬸嬸十元。如叔叔亡故，則嬸嬸二十元。如叔嬸都亡故，則各長房兄嫂可以同其例。其餘的兄弟和嫂子們，還有未出嫁的姊妹們一律都是兩元。再下一輩，不論男女，一律四吊錢銅元。第四代一律兩吊錢銅元。嫡堂的四家則按嫡親的數目折半致送。

一百多份壓歲錢，必須經過重覆數過，先用桑皮紙包好，外面再用紅紙裹封，很費力費時，數銀幣的時候，還得留意有沒有贋幣或雜幣。除了這些壓歲紅包外，得再另外準備許多一百錢、兩百錢、五百錢，以及一吊錢的小額紅包，準備新正散給拜年的親戚晚輩和送財神、贊土地、舞龍舞獅的一干人等之用。爲了這樁事，母親最少也得忙上三五個晚上，這時候多半只有我陪伴著她，聽聽使喚。

我母親平日自奉儉薄，但每年這樣大把銀子散出去，卻從不吝惜。當她親手把這麼多壓歲錢遞出去的時候，接受的人固然興奮，她自己更覺得開心。我記得很清楚，從民國二十一年到二十六年，差不多年年一仍舊例，直到抗戰以後，世道家道都漸不如前，不能維持原有的豐厚，才不得不因應情況，削減了數目，但情味卻更加溫暖。

一晃眼，這已是五十多年前的舊事，現在母親也已於前年去世。我知道自大陸淪陷後，母親每年發壓歲錢的老例就根本廢了，但是親戚鄰居們並沒有忘記她當年的好處，在中共搞「土改」、搞「三反」「五反」，甚至搞「文革」的時候，母親雖也喫過一些小苦頭，但究竟在眾多親鄰戚友的掩護照顧之下，逃過了好多次可怕的刼難。這使我記起她老人家當年教訓我的話：「能幫助人家總是好的，你不要寄望得到什麼回報，但不曉得什麼時候，你會得到可能更好的回報。」的確是具有至理的遠見。

添了四個第三代，每年我們也照例發給他們壓歲錢。但近十年來，我們只拿壓歲錢給媳婦和女婿，孫子和外孫初至於兒女們，我們不但不再拿壓歲錢給他們，反過來他們還有個大紅包孝敬我們兩老。不過，他們拿出紅包來給我們的時候，我可不願意伸手去接，只朝著我的老伴嘟嘟嘴，說一聲：「一律繳庫罷」！

從蒲扇到冷氣

三十八年七月三日到臺灣，最初住在中和鄉的頂溪洲，是座四層樓的四樓。我們夫婦還有兩個小孩，起居空間就全在那間八席大的房間裏。

橋頭大概不到四十幢房舍，包括平房和樓房四周盡是綠油油的稻田，蚊子特別多，叫聲眞個聚蚊成雷。所以晚上睡覺非掛蚊帳不可。天氣好熱，人在蚊帳內，就像悶在蒸籠裏的包子饅頭。那時電扇尙屬奢侈品，驅暑全靠一人一把大蒲扇。可是越搧越熱，越熱越搧，結果還是汗出如漿。

四十二年罷，我們遷居到羅斯福路，那年家裏添置了六樣「新產品」。一部霸王牌縫紉機，一部中廣產品的六燈收音機，一隻燒煤油的打氣爐子，一隻每天換放冰塊的土冰箱，裝設了一部四碼電話機，當然，最要緊的是選購了一檯順風牌電扇。

吹電扇當然比揮扇取涼要舒服得多，但以前用過的蒲扇並沒有就此丟棄。因爲電扇白天是擺在客廳裏的，晚上再移駕到臥房裏。蒲扇還是有它的剩餘價值。

客廳裏有部電扇眞好，客人來了，聊天喝茶，主客都會覺得很受用。有時候孩子們在外面玩倦了回來，臉紅紅的一身臭汗，搶著站在電扇前面猛吹，口裏直呼過癮，我們瞧著也很樂。

冷氣機普遍在臺灣成爲生活必需品的時期，大約比彩色電視機和電冰箱稍後，約在六十年代的後期，相隔並不太遠。記得我家裝設第一臺兩噸半的冷氣機，是五十五年用分期付款方式買的。當時塡表蓋章，還要找一位保證人，保證按月能在工作單位被保人的薪津項下扣還本息，如果我離職扯爛汚，保證人要付完全責任。

回家告訴老妻，老妻著實嘮叨了幾句，說幹嘛不儲蓄好足够的錢一次購買，要寅吃卯糧的急著買它！我只當沒有聽見，忙著看工人在牆上打冷氣孔，敷水泥。第二天就把它裝好了。試了試，效果怪不錯。

晚上，下班的下班，放學的放學，大家都很興奮，於是由我主持開機典禮，正式宣布冷氣開放。客廳和飯廳合起來不過十二坪，那天室外氣溫高達三十五度，我把開關轉到強冷，才一會兒，室內立即宛如涼秋，大家都感到身心十分舒爽，那頓晚飯，胃口也比平日好許多。

飯後，老妻的臉上堆滿了笑，邊喝茶邊說：「現代人的生活，家庭裏冷氣的確不可少，不然，上班吹冷氣，下班回家沒有冷氣，就會感到家裏特別熱，火氣都要大些。」我知道她在自我解嘲，心裏偷偷好笑，便趁機接口，回了她一句：「所以囉，先享受，後付款，有什麼不好？」

十年前，我們搬了一次家，原住的房子讓給老四夫婦住了，那臺老冷氣用了好多年，居然還滿管用。據老四說，除了馬達的聲音比較大，轟隆轟隆惹人煩，別的毛病倒是沒有。好在臥房裏另裝了一臺新品冷氣，用不著晚上怕熱，跑到客廳睡沙發，非忍受它的噪音不可。

我們夫婦退休後，又換了一處房子，老三和我們同住。客廳連飯廳，兩間臥房，一間書房，一間休閒室，都裝上了冷氣。老妻是個惜物的人，原有的三臺舊電扇，仍帶了過來，放在厨房和衛生間用。不僅如此，連幾把搧之有年的蒲扇，也並未捐棄。不過這裏要特別說明，電扇和蒲扇雖然很舊，由於她的細心保養維護，秋收冬藏，到需要用的時候取出來，竟然和新的沒有什麼兩樣。這種美德，現在的年輕人恐怕很少見罷。

我們夫婦退休後，在家的時候居多。她很怕熱，一動就愛出汗，好多家事她又非做不可。遇上氣壓低，空氣濕悶，她會常常產生暈頭轉向的感覺，直問是不是有地震？我比她更怕熱，我的皮膚本來就不怎麼健康，夏天最容易長痱子，痱子發癢，一抓一燙，就變成皮膚病，年年這個樣，痛苦得很。生平只有在張家口和在平津工作的那幾年，因氣候寒涼乾燥，雖在盛夏也從沒有過皮膚上的毛病。這些年冷氣吹慣了，竟成爲我「護膚」的最大依賴。只有老三修養好，天氣再熱，她也不怎麼出汗。她是個公務員，早出晚歸，她臥房的窗戶朝東，正對著陽明山，早上最熱的時候，她上班去了。她回家天色已晚，她的臥室卻很風涼，因而她很少用冷氣。

我們家的客飯廳和休閒室，是朋友們來訪來玩或分居在外的二三代回家時主要的活動空間，在熱天，冷氣自然都全部開放。平時只有我們夫婦倆，所以只單開臥房的冷氣，爲了方便，臥房裏另有一臺電視，而且吃飯時把一張小咖啡桌權充餐檯，她先把飯弄好，由我用托盤拿到臥房裏吃，吃完由我拿回厨房清洗碗盤。不但吃飯、看電視在臥房，看書、看報、打電話、走健康步道，統統都在臥房。我們把冷氣設定在二十二度，讓它自動調節，到達二十二度，它會自動停止。除非我們倆都出外，這臺冷氣是二十四小時全天候開著的。這樣的生活很愜意，白天就只我們老倆口，簡直等於完全回復到剛結婚時的情況一樣。

我常要應付幾處朋友地方的稿債，也常要處理許多親戚朋友來往的信件，還有我不論看什麼書（報紙雜誌除外），一向習慣正襟危坐在書桌邊，手裏還要拿支筆。因此一個人關在書房裏的時間，每天平均總有五六個小時，有時爲了趕一些急件，難免不佔用夜間的睡眠時間。書房不過六坪大，三面都是書架，顯得特別熱，如果不開冷氣，那是很難呆太久的，我有低血壓太高的紀錄，多年來都靠藥物控制，這可不是鬧著玩的。

現在社會上普遍拒吸二手煙，我偏偏就染有這一惡劣嗜好，且爲時寖寖將達一個花甲這麼久，可算是資深的老煙槍。而我們家的兩位女士，過去長時期讓她們的抗議權睡著了，從不認爲我的呑雲吐霧對她們是虐政，近年突然覺醒，曾多次表示要我不再吸煙。無奈軟硬兼施，我負嵎頑抗如故。最後她們聯合提出一個折衷妥協性的條件，那就是在開冷氣的房間內不要吸煙，要嘛到客廳或陽臺上去吸，要嘛就把冷氣關掉，大家受熱好了。我看這一建議倒是情理法兼顧，便也欣然接受。只是提出增加一處地盤的要求，就是衛生間不要禁吸煙。她們倒也不爲已甚，很慷慨的表示同意。

今日臺灣繁榮的步調實在太快，工商業用電量和民間用電量逐年急遽增加，電力公司計畫增建核電廠及火力發電廠，以應未來的需要，卻都因環保意識高漲，廣受民意機關及地方人士的杯葛，至今徒有極好的計畫，可未開始實行就受到阻礙，加上少數半吊子學者專家，知其一不知其二，跟著從中作梗。我很躭心這樣搞下去，總有一天沒有了充沛的電源，大家要過時時停電的日子，恐怕不太好受。

這可不是杞憂，今年我們這地區，就有一天輪到下午二至三時四十分停電一百分鐘，碰巧我家有個小型的朋友聚會，大家正在高談濶論，十分興頭，一時忽然電燈熄了，冷氣停了，在三十六度的室溫下，大家都嚷著眞殺風景。幸好內人記起束之高閣的那包舊蒲扇，拿出來分給每人一把，才算穩住軍心，讓聚會得以繼續。

我常想原始人對火的恐懼，源於無知；愛廸生初發明白熱電燈時也曾引起許多人的恐懼，同樣是源於無知；今國人對核能發電的恐懼，與先民畏火畏電，又有何異？火與電可以爲人控制而造福人類，豈有科學家發明了核能發電而不能控制使專爲造福人類之理？這段話並非平白發牢騷，相信眞正的、不是假冒的「學者專家」們，必不以余言爲河漢。

「現代人不可家裏沒有冷氣，不然火氣都會大些。」我們家老太太這句話說得不錯。所以每兩個月電力公司寄來收費單，一次要繳付六千多元，她總是付得很爽氣。我只說了一句「是不是太多了一點？」她衝口就斥我道：「多什麼多，你把它列在醫藥費項下開支好了。」

聽說有些夫婦，一個怕熱不怕冷，一個怕冷不怕熱，每爲開不開冷氣的問題，各有不同的意見，結果大吵其架。這使我記起一個笑話，這笑話發生在嚴寒的冬天，與夏天的冷氣完全無關。

——冬天，冷風刺骨，在擁擠的公車上，一位太太說『悶死了！』便把一扇車窗打開。對面座位上另一位太太生氣說『冷死了！』霍地又把車窗關上。兩位太太爲此大吵特吵，吵個不休。一位男士大聲叫道：『先打開窗子，冷死一個。再關上窗子，悶死一個，就沒有事了。』

感謝上帝，我們老倆口到明年就是結婚五十年。初結婚的十年中，她怕熱不怕冷，我怕冷不怕熱；她愛吃鹹不愛吃甜，我愛吃甜不愛吃鹹；兩個人總是唱反調，一點鷄毛蒜皮的小事，也會吵得天翻地覆。沒有想到日子慢慢過，過了一個十年又一個十年，忽然感覺到她怕熱我也變得怕熱，她不怕冷我也變得再不怕冷；她愛吃鹹我也變得愛吃鹹，她不愛吃甜我也變得再不愛吃甜。兩個人想吵架，非得另找題目不可。只有兩件事，她不吸煙我吸煙，我不性急她性急，共同生活了五十年還沒有扭過來，不知二十年後，會有所改變否？

都是「以貌取人」出的糗

人非聖賢，孰能無「糗」？何況聖人亦難免不出糗。倘若把糗事說出來，等於幽自己一默，也未嘗不是一樁快事。

孔老夫子一生「溫良恭儉讓」，照樣糗事一籮筐。最令人發噱的兩樁糗事，一樁是他訪問陳國，經過匡城，因爲他那副尊容像極了陽貨，而陽貨是個暴徒，曾開罪過匡城的老鄉們，匡人對他恨之入骨，一見孔老夫子，誤以爲就是陽貨，不管三七二十一，硬把老夫子拘留了一百二十個小時。老夫子甚麼人不好像，偏偏像極了陽貨那個渾球，你說糗不糗？套句時下年青人的流行話，眞是「遜斃」、「糗呆」了。

另一樁是老夫子到衛國時，衛靈公夫人南子仰慕他的盛名，硬要與他見見面，怎麼辭謝都不成，沒有辦法，見就見罷。不想一見之下，原來是個糟老頭，南子興趣索然，敷衍一番了事。第二天衛靈公偕南子同車出遊，招搖過市，卻毫無禮貌的讓老夫子孤單單乘了一部小車，跟在後面吃揚起來的灰塵，弄得眞個灰頭土臉。太史公司馬遷在《史記》中提到這碼子事，寫下了一句「孔子醜之」。「醜」的意思完全相同於現代語的「糗」。難怪老夫子那位學生子路，大不高興，覺得掃了大家的面子。

糗事人人有，只是情況各有不同。民國四十八年，我應徵召參加臺北市第四屆市議員競選，早晚都忙著挨家挨戶去拜託惠賜一票。某次，好友謝質高兄陪同我到南機場去拜訪一位有力人士，希望得到他鼎力支持。主人儀容修整，風度翩翩，出來殷勤接待。一位頭髮花白，儀態雍容的老太太爲我們遞完茶，微笑著靜坐一旁，看來他們像是母子。我們先是一口一聲謝謝老太太。談完正事，我們又一搭一檔的恭維主人，說逃難到臺灣，還能侍候老太太在一起生活，眞是極不容易得到的福氣。——只見「老太太」驀地臉上飛起大朵紅雲，急步走進裏間，再也不出來。這時主人才囁嚅著說：「剛才是我內人。」

眞糗！弄得主客尷尬已極，只好訕訕地說了兩句抱歉的話，狼狽而出。走得遠了，質高兄說：「這次跑票，恐怕變成了票跑！」

世界上的事，每每無獨有偶。與我同居當選的鍾文金大姐，當選後，去古亭區區長曹重識家謝票，適曹已外出，他的夫人李梅應門出來款接。李梅嬌小清秀，衣著樸素，看來就像個高中學生。鍾文金以爲是曹區長的女兒，口口聲聲叫她「小妹妹」，要她無論如何記得告訴「爸爸」，說「鍾阿姨」親自來道謝。弄得李梅啼笑皆非。情形與我一樣「糗」，但有甚麼辦法？話說出口又收不回來。

還有樁糗事，是我那個「二楞子」兒子搞出來的。他讀中學時，有次約了一些小學同學聚餐，還邀請了兩位他們最尊敬的老師參加。飯後餘興，我兒子說了個笑話：

「四個窮朋友，一個瞎子、一個跛子、一個禿子、一個痲子，打夥買了四兩滷肉祭五臟廟……」

說到這裏，他同學小黃扯了他一下，暗示這個笑話說不得，因爲一位李老師正是個大痲子。偏偏我兒子沒有會過意來，只顧一個勁說下去。

「大家覺得肉少人多，分了吃不痛快，於是商量好，由各人說出自己最了不起的一點特點，看誰最有資格，就讓誰獨享這塊滷肉。先是瞎子說：『我向來目中無人，該我吃！』接著跛子說：『今天舉足輕重的是我，該我吃！』禿子一聽，大聲叫道：「你們不曉得我是無法無天的嗎？快把肉拿來！』大家正爭執的時候，痲子一把將肉抓過來就放到嘴裏……」

這時小黃趕緊摀我兒子的嘴，低聲說：「叫你別說還要說，呆頭鵝！」兒子把小黃一推，提高嗓子：「你才是呆頭鵝，精彩的在後頭哪！——你們猜痲子怎麼說？他說『我不要臉！』」

兒子說完後掃視全場，志得意滿，準備接受熱烈的掌聲。誰知毫無反應。這時兒子猛一回頭，看到李老師正坐在他後面，紫漲一張豬肝臉，好難看。頓時「哦……哦……」哦了半天，才說出一句「我根本沒有想到李老師是……李老師是……坐在後面。」

大家想得到，這場面有多糗。

上面寫的都是三十多年前的舊事，那時還沒有人發明「糗」這個詞兒。其實我自己倒是出個一樁糗得不能再糗的糗事。苦了五年，忍了五年，就是沒有勇氣說出來。畢竟時間久了，餘痛慢慢地消失了，心情也漸漸輕鬆了。心想大丈夫事無不可對人言，今天寫出來料必也不算甚麼要緊。

我四十歲開始禿髮，五十歲頂髮日稀，但仍用得著髮油和梳子。六十歲以後，十足是個「蛋頭」。因此多年來常常成爲朋友們消遣的目標。像雜文作家應未遲，把一個「三根頭髮紮辮子」的笑話，就不知反覆說過多少遍。我並不以爲意，有時文酒之會，還順著大家的興致，率性自己消遣自己一下，藉以疏導可能繼起的攻勢。

二十年前，我也曾偶然想過訂製一頂假髮，但並未付諸行動，因爲我看到沈劍虹大使戴了假髮那副滑稽樣子，毅然作罷，從此我就不再爲少了三千煩惱絲去煩惱了。

七十六年春天，一位老朋友從大陸探親回來，送了兩瓶舉世誇爲靈丹妙藥的「一〇一」

給我，說讓我試試，有效時可另外託人再買。我心裏雖然存有幾分排拒，可繼而一想，玩意兒現成，是外用而非內服，試試又何妨？

就是這一念之差，我像小偷似的，連家裏的人都瞞著，偷偷躲在浴室裏依法擦用，心裏還在幻想著有一天眞的脫髮重生，那就應驗了于右老那句詩「不信青春喚不回」，不信也要你信，多妙！

誰知擦了幾次之後，頭皮奇癢，起先還猜想可能是發生了藥效，殊不知接連幾天連臉上手上也癢起來。於是趕緊去找皮膚科醫生診治。醫生知道緣故後，譏笑我說：「這麼一把年紀了，還想做帥哥呀？」

醫生當即勸我馬上停止擦用一○一，並且介紹我每天用一種叫「波特」的洗髮粉洗髮，洗髮後擦用純凡士林藥膏，同時內服一種止癢的丸藥。醫生處方時，不斷發出怪異的笑聲，護士小姐也在一旁抿著嘴笑。眞受不了，接過處方箋，謝謝都沒有說一聲掉頭就跑。

回家後，悄悄把兩瓶一○一用報紙包好扔進了垃圾桶。一心一意，遵照醫生指示的方法處理。無奈依舊奇癢難當，簡直到了「癢不欲生」的程度。唯一治標的辦法，只有用熱水去燙，也只能緩和一時。那曉得但圖一時之快，一天常會燙上十次八次，幾天以後，忽然兩手皮膚發黑，頭皮抓破，發了許多紅疹塊。再去找醫生，醫生說我胡整，仔細觀察了一番之後，他警告我再不能燙了，已經把皮下組織燙死了，依現在的情況，經過相當時日，或者還有恢復的可能，假如繼續用這種野蠻的辦法，恐怕就只有永遠做「黑手黨」了。

醫生建議我盥洗沐浴，完全改用冷水，並且絕對不能用任何刺激性藥物去傷害皮膚。我當時唯命是聽。但癢還是癢，雖堅持不用熱水燙，但無法避免不用手去抓。每隔一週便去看一次醫生，醫生都是名醫，卻幾幾乎都不具甚麼效果。日復一日，到今天將近五年。

五年來，因爲一雙黑手，別人不怕，自己也難乎爲情，所以很少外出。必要的活動，有時也還是參加，朋友問我的手是怎麼搞的？我只能說是藥物敏感造成的搔癢症，用熱水燙傷了皮下組織，所以發黑。

直到今年正月，有位中醫朋友偶然相遇，他告訴我防止皮膚癢的秘訣，主要在於淸理內臟，不妨每日服用一點輕微泄劑，絕對避免吃油炸和煎烤的食物及刺激性的食物，多吃青菜、水果，但水菓中芒果、木瓜不可吃，蔬菜中辣椒、芥末不可吃，酒類絕對不可吃。我覺得很有道理，照單全收，切實遵行。果然慢慢的癢的感覺逐日減輕，不癢也就不抓，由原來的惡性循環變成了良性循環。再用西醫的外用藥，耐心外擦。大半年下來，膚色漸漸恢復，終於可以宣布退脫「黑手黨」了。心情頓時開朗輕快。雖然這是我生平最大的一樁糗事，我想寫出來俾眾週知，也算是精神上一付輕微的泄劑，雖糗而痛快。

捕魚者說

從城市兒童轉變成鄉村兒童，我那年九歲。

起先，對這個依山傍水的夏氏祖居之地雖然完全陌生，但處處使我感到新奇和喜悅。這裏的自然景觀，隨著季節有許多變化，使你永不厭倦。這裏的民風淳厚，濃濃的人情味，使你沒齒難忘。——這裏的水眞甜，這裏的泥土眞香。

我實際居住在這裏的時間，斷續加起來也不足十年，而我一生最美好的回憶，卻都發生在這裏。

這裏是魚米之鄉，有河川溪流和星羅棋布的塘壩，但沒有專業的漁夫。因爲捕魚太容易了，小孩子都會，到處都有捕不完的魚。故即是乞丐，也不致興「食無魚」之歎。

捕魚是鄉居生活中最普遍的休閒活動，有各種方式和工具，規模也有大中小許多層次上的不同。而空手抓魚更是最具特色、最感刺激的一種遊戲，是孩子們的專利。

普通人家都有私人池塘，每年春天，魚苗販子從遠處挑著鱅、鰱、鯖三種魚苗挨家挨戶兜售。放養後，到冬季就可以長到一尺多，兩年可以再增長一倍。鄉下人習慣在過農曆年前，選個好日子用包網大舉撈捕，網是大眼兒的，撈到的多爲兩年以上的大魚，小魚不取。每次大約需要集合七八人到一二十人不等，看池塘的大小而定。

至於寬達數丈，長達里許的「公壩」，就非動員百數十人不可，而且要半數以上是有經驗的熟手才行。下網以前，先派十來個精於潛水的游泳高手，清除水中的障礙物，以免大拖網移動時被罣破。據說他們先要喝一杯羼有微量砒霜的酒，讓身子發熱，以辟嚴寒。一個最具權威的總提調和兩個副提調，赤膊短褲的站在兩岸指揮吆喝，壩裏的壯漢們拖著網纜在水中游走前進，加上孩子們在壩堤上跑鬧起鬨，人聲十分囂雜。大概一兩個小時後，快收網了。這時家家戶戶的男女老幼，羣集在壩尾收網處圍著觀看。只見萬鱗飛躍，銀光閃閃，壯觀極了。而人羣歡聲雷動，臉上都綻放出盛開的花一樣的笑容。

像這樣一網下來，少說也可以捕獲好幾千斤各色魚隻。按股分配，新鮮喫，喫不完，便用大水缸醃起來準備做薰魚或臘魚，終年都有得喫。

鄉下人有條不成文法，凡是放養的鱅魚、鰱魚和鯖魚，是嚴禁任意撈捕的。事實上也從沒有人敢於破壞這個規矩。即令有人使用攀罾或撒網，偶然獲得一兩條這類放養的魚，也會自動放回水裏去。這是鄉下人忠厚不欺的可愛表現。

在我家屋前的水塘裏，大大小小的家魚和野生魚非常多，站在塘基上可以清楚看到魚兒們的活動。只是大魚多棲息在柳蔭下的深水處，不太容易發現，只有在氣壓低，風雨將要降臨的前一刻，大魚往往才會不安的浮出水面。這口水塘設有兩座木架跳板，兩尺寬，一丈多長，是便於人們挑水和洗濯用的。淘米洗菜的時候，很多小魚會紛紛游過來搶食碎屑，膽大得很。

因此婦女和小孩們就想出一個方法捉牠們。那是用一隻細篾編織的大飯籃，裏面放塊磚頭和肉皮肉骨，把手處繫一根長繩，一隻手輕輕將飯籃沉入水底，一隻手握一把鍋巴飯，慢慢細細的捏碎，讓屑末掉入水中，引逗小魚來爭食，估計差不多的時候，你會感覺有許多小魚在籃子裏游動搶奪飯屑，就要用恰到好處的速度把飯籃提上來，只見許多跑不掉的小魚在鮮蹦活跳，這些魚蝦只有兩三寸長，種類有青皮楞、木楞、鯽魚、火焙魚、米蝦等。

運氣好，反覆三四次，即可抓到一菜碗。趁便洗去腸穢，加些紫蘇、青蒜、紅辣椒、黑豆豉，起滾油鍋一炒，便是一樣極美味的佳餚。

別以爲小魚蝦很笨，其實也懂得食物搶到口便迅即竄開，那些被抓到的寃大頭，實在是太貪心的緣故。還有一點很妙，你如果在同一地點太多次，準保牠們不會再上當。所以最好間隔三兩天再來。沉籃誘魚，對孩子們來說，十分好玩。我剛下鄉的初一二年，經常以此爲樂。

後來學會了在溪圳中沼瀆中用竹罟趕魚，覺得更能引發興趣。這得撈起褲管，赤足下水，左手執竹罟，右手持三角推滾，循一定的方向，將魚趕到竹罟中去。捕得的魚，以游千和鯽魚居多，體型也比較大。只是要注意螞蝗和蛇的侵襲。遇到蛇，能避開就避開，切勿驚惶。不然就要眼明手快，迅速抓住蛇的尾巴，用力向石頭或粗大的樹幹上一摔，就算完事。至於螞蝗，特別討厭，叮在腿上吸血，不痛不癢，很不容易發覺，惟有隨時留意，發覺後，用力拍牠幾巴掌，就會自動鬆口掉下來，所以一點也用不著害怕。

前面提過空手捕魚，說起來，可算得上是我頑童時代的一樁「光榮業績」，最精采的一次，與其說空手捕魚，不如說「渾水摸魚」。事實是這個樣子的：

那年農曆的端午節剛過，湖南農村旱象嚴重，所有公私水塘和水壩多半都快要乾涸。鄉下有個規矩，公塘的水到了只剩三尺時，便由主事宣布定期準備「渾塘」。所謂渾塘，是預定的時刻一到，上下屋場的男女老幼，大家都可下到公塘裏去抓魚，同時還特別允許攜帶漁具。

我那年十二歲，光著上身，僅穿條短褲，也跟著人羣跑下塘裏去抓魚，十畝田大小的水塘，擠滿了大人和小孩，有的用網、有的用筌、有的用罩，一下子塘水被攪成稀稀的泥漿。我赤手空拳跟著大家吆喝起鬨。他們大大小小都抓到了或多或少的魚，我卻還是空手。忽然，有片尺把寬的黑色魚背在我眼前浮動，這時已有人發現這是條大魚，紛紛從四五尺遠的地方搶過來。

我那時不知打哪兒來的勇氣，猛然撲在那條大魚的身上，兩隻手使出吃奶的勁，拚命摳住魚的兩鰓，魚身滑溜溜的，牠負痛用力翻滾，我的兩隻手就是不放，兩隻腳也緊緊箝住魚身，我很吞了好幾口的泥水，連滾帶爬，硬把這條大魚拖上潤濕的塘灘上，狠狠地把這條比我還要長的大草魚，一半壓在潮泥裏。

這時，我眞像個勝利榮歸的英雄，騎在魚身上大叫大笑。許多有意來搶抓這條大魚的大人們，眼看這種形勢，誰都只有羨慕的乾瞪著眼的份。

我的手背被魚鰓蓋刮得鮮血淋漓，前胸和肚皮也有一條條的血痕，一隻腳踝也扭傷了，從頭到腳更是成了個泥人。我一個侄子幫我把魚拖回去，母親看見我那副形象，簡直嚇得半天說不出話來。

後來把魚掛在穀秤上稱了一下，足有老秤三十八斤，魚身比我的身高還要多出七寸。這是一條破我們鄉下紀錄的罕見的大草魚。不是渾水摸魚，還眞難抓得到呢。

眞正的空手抓魚，說穿了也沒有甚麼稀奇。鄉下孩子天天與大自然接觸，把抓魚當成耍子，耍久了，見多了，知道各種魚類的習性，順其性而抓之，加上熟能生巧，自然手到擒拿。

當我們行經阡陌間，看到水圳中長有絲帶草，水面浮著一團團的綠色苔球，圳邊有一叢叢的灌木，水色微渾，我們就可以肯定絲帶草下面必然躲藏著鯽魚或火焙魚。這時輕輕下水，蹲下身來，用兩手左右包抄，向中央摸索，鯽魚性懶，在日光下，常蟄伏不動，憑著手的觸感，迅速兩手成捧物狀一合，一條六七寸長的鯽魚包管就被你抓在雙掌之中，跑不掉也不會捏死。折一枝樹條或一根茅草，從魚口穿過魚鰓，做個掛扣，一根枝條可以串掛好多條魚，只要運道好，巡過半條圳，抓個十來條肥大鯽魚，決無問題。

夏天的太陽很烈，孩子們習慣在黃昏前成羣結隊到小河裏去游泳，這時河水比較淺，橋下有許多石窟，石窟裏躲藏著一窠一窠的黃頰魚、鯇魚和柴魚。黃頰魚和鯇魚都是無鱗魚，周身像泥鰍一樣有滑涎；黃頰魚還有兩根像利刺一樣的硬鰭，不小心給碰到，一定皮破血流，而且出奇的疼痛。但它肉質又白又嫩，用來清蒸或煮湯，味美不亞河豚。

幾個年齡較大的孩子，最喜歡潛到橋底到石窟裏去抓魚。起先，沒有人不被黃頰魚刺過、柴魚咬過，我被刺傷咬傷的次數最多。但後來我與一位比我長一歲的侄子，成爲空手抓黃頰魚的第一好手，每次斬獲都比別人多。去年六月還鄉探親，據侄孫輩說，現在那條河早已乾涸見底，他們笑我是在述說一個古老的神話故事。

捕魚和抓魚，同樣是專業者的行爲，可是總覺得捕和抓這兩個字好像鄙俚一點，遠不如「釣」字高雅。韓愈〈送楊少尹序〉中說：「某樹，吾先人之所種也。某水某丘，吾童子時所釣遊也。」所以後人稱故鄉爲「釣遊舊地」。姜太公釣於渭水，八十而遇文王，終於成就一番不朽的相業。所以後人頌讚八十歲做壽爲「釣渭之年」。當今之世，釣魚已成爲國際間的高尚娛樂，並且成立了許多花樣翻新的俱樂部。說來也是非常有趣的雅事。

釣魚是一門很大的學問，從工具的製作，釣餌的選取，天候水域的觀測，技術的精到，心境的調和，都非有相當修養火候不爲功。

據我所知，釣魚有三種釣法：一種是持竿垂綸，靜待魚兒上鉤的釣法。頗宜披簑戴笠，在小船上，或在柳蔭深處行之，這樣才近乎風雅。如果得天時地利之便，「獨釣寒江雪」，那就更是雅人深致，益發令人起敬。嘗見許多詩人騷客或畫家，以及致仕歸田的官吏，喜歡自署某某釣徒、某某釣叟、某某釣翁，或某某漁父。實則他們壓根兒不通「釣」事，充其量有人西裝革履拿著釣竿照過一張相而已。他們不是釣魚，而是釣譽，做張做致，眞讓人笑掉大牙。

另有一種釣法，名叫「摔釣」，釣竿長僅五尺，首尾粗細與普通釣竿差不多，但剛直不屈。釣線用馬尾或蠖絲績成，極堅靱細致而沒有顏色。釣鈎沒有倒鬚，使用時也沒有釣餌。這種摔釣，是專釣游千魚用的。

在湖南鄉下，任何塘壩，都盛產一種野生的游千魚，魚身瘦長約六七寸許，形狀與新店溪產的香魚略似，肉質與味道也略同。這種魚慣常喜歡在晨曦初上和夕陽西下的時刻，成羣浮遊水面，累百上千，聲勢浩大。凡飛蟲蚊蚋貼近水面，都是牠們掠食的點心。

善於摔釣的人，必須先練好心手與釣竿合而爲一的精妙境界，釣絲摔到魚羣集中處，釣鈎不能進入水中，只能恰好貼近水面，游千魚以爲是飛蟲，一口咬住，釣者就該立即將釣竿向後回摔成一百八十度的弧形，待魚將及地面，持桿的手順勢輕輕一抖，魚便從鈎上掉下來。說時遲、那時快，緊跟著再把釣絲摔出去，如前收回。動作緊湊快速，不可稍有停留。大概不到半個小時，魚兒漸漸不太上鈎，釣者便也自己叫停。整理一下漁具，把身子後面預作的「泥圍子」內的「獵物」，雙手一捧一捧的捧進魚簍，一般情況，一處地方少說也可以釣到一兩百條。釣者拿來就近找人家交換錢米，然後施施然遷地爲良，到另外的地方發財去了。

這種摔釣就像特技表演，易學難精。他們似乎不是本地人，說話有點老山鄉人的腔調，肯定是遠方來的流浪漢。他們以此爲生又有許多規矩，想來他們師承有自。有時天色晚了，就地借宿，奉送居停幾十條游千魚爲酬。有時住宿在廟宇中，自炊自食，生活看起來也怪逍遙自在的。一年中，難得一兩次看到這樣的釣者經過我們鄉下，往往也並非同一個人。有一回，我忽然起了個想拜師學藝的念頭，那位張大爺欣然一口答應。不過他提了個條件，說要跟著他揹三年魚簍子，才能傳藝出師。我心想這條件太苛刻了，我不過爲了好玩，這個藝不學也罷。

我十三四歲時，學會了放揷釣，這是釣魚的另一種方式。我有兩位堂兄對此道很內行，他們年齡比我大三五歲，每當春江水暖，或秋水時至之頃，他們倆是親兄弟，老早就準好專爲放揷釣用的釣竿。這種釣竿是用南竹的枝條做成的，筆管粗細，長度頂多三尺，前端用粗麻線纏緊，魚鈎粗大有倒鬚，尾端削得很尖銳，便於揷入河壩沿邊的泥土裏，釣餌是活的小泥鰍，鈎住牠的背，垂到水中一寸許之處，小泥鰍負痛在水面上掙扎游動，這樣最容易引起比較嘴巴大的魚上鈎。

放揷釣很辛苦，但很有趣。我那兩位堂兄，每次都要準備一百支到兩百支的釣竿，光說找小泥鰍作餌，就够忙個老半天的。等到黃昏時刻，一切舒齊，便開始到壩邊或河邊去揷放，大約每隔五步，揷上一支釣竿，把所有的釣竿揷完，就開始走回頭路「巡釣」。有月光的晚上當然較方便，但沒有月光的夜晚，就只好各提一盞「氣死風」燈，背上揹個竹簍，還有一隻撈網。

當走過揷了釣的所在，只要聽水響的聲音，就知道魚兒有沒有上鈎。這些大嘴巴魚多半是野生魚，上了鈎想逃跑很難，魚在水中力道很大，一定要先用撈網接撈起來，再替牠鬆鈎，重新換餌，有時碰上較大的魚，使勁向水中央逃跑，往往把釣竿從泥土裏拔出來，但吞進口裏的釣鈎，卻怎麼樣也拔不出，折騰一晚上，到第二天清晨，你會看見有條倒霉的大魚，暈眩在水面上，只要游過去便可用撈網抓上來。

放揷釣雖然辛苦，可是釣空率低到不足百分之五，請想想，一百支釣或兩百支釣的總收穫是多少？看著一隻大澡盆還裝不下的各色魚鮮，那種成就感眞够你樂的嘴都合不攏。

我有過幾次跟在他們後面「觀察」的經驗，自己便也如法泡製放過二三十支揷釣。第一次是拉著妹妹和弟弟兩個小鬼幫忙我提燈拿網，成績居然還很不壞。第二次仍是原班人馬上路，不料才八歲的弟弟，一個不留神掉到水裏，幾乎淹死，幸好我就在近處，很快把他救了上來。回家也不敢告訴母親，從此我對放揷釣乃至因此完全失去興頭。

至於正常的普通的釣魚方式，我一點也不喜歡，主要的原因是根本沒有那份耐性。三十八年正月，墨人携眷逃難到長沙，我方自塞外南歸，便邀他全家到鄉下暫住。墨人自謂對釣魚甚有心得，鄉居無俚，他又不會打牌，便常常拿著兩支釣竿，獨自跑到屋前面的小河林蔭底下去垂釣，藉解憂悶。只是每次釣得的魚，還不够餵我們家那隻大黑貓。墨人自我解嘲說：「大概是時難年荒，魚兒也逃難到別處去了」。墨人是詩人而兼小說作家，那時他寫了不少詩。他的詩多悲歌慷慨之音。我猜他釣魚只是個幌子，心裏卻想著要學李白做「海上釣鰲客」罷。

賀年卡搜趣

中國古早不作興寄賀年卡，民間拜年，多半親自登門。官場拜年，同城的多半排好日程路線，帶個聽差的持名帖挨家拜訪，主人則多半關上大門，由門房站在大門口擋駕，客人只要留下名帖，便再走訪第二家。一天下來，少說也可以拜個百兒八十家的，官場拜年的方式就這樣成爲一種虛套。碰上一兩個新官僚，不太懂竅奧，猛喊一聲「請進」，反而會弄得拜年客十分尷尬。至於向遠道的親友長官賀歲，則必差專人或由驛站遞送一封駢四儷六的賀年信函，另附禮品及「年敬」，似乎沒有僅寄一張光頭賀年卡的事。

大概是歐風東漸以後，國人抄襲西方人寄聖誕卡的辦法，才改爲寄賀年卡。近半世紀以來，寄賀年卡成爲通行的賀年禮節，雖小學生也未能免俗，此來彼往，藉以交流感情。賀年卡這玩意，可謂是最有影響於現代精神文明的產物之一。

交遊面不廣的朋友，到文具店購買現成的賀年卡，有個二、三十張也就够應付了。也有些朋友，交遊遍天下，寄賀年卡成爲一種負擔，便一次印製專用賀年卡最少一千張，採「應戰而不挑戰」的作法，收到一張便回一張，這樣也就不算失禮。至於許多要競選公職的朋友們，賀年卡的「發行量」往往在十萬張以上。不僅賀卡要特別設計，而且要印得特別美觀；同時須得專門設置一個「作坊」，動員好幾十個工作人員去多方搜集名册，塡寫信封和內頁，限時寄發。據說這是所有公職候選人競選前打知名度和擴大爭取民意基礎必不可少的一套「戰術」。所以當你接到許多根本不認識的張三李四寄來的賀年卡，不必訝異，他們八九不離十準是向你拉票的競選者。

坊間出售的賀年卡，五顏六色，花樣繁多，有中式的、西式的、更多中西合璧式的，聖誕與新年兼顧。「聖誕快樂」與「並賀新禧」，兩行並排，絕不厚此薄彼。這就是中國人的圓通周備處。

一般賀年卡的格式，變來變去，還是老套居多，難得有新意。有些朋友是畫家，偶然會拿他自己的得意之作去印製成賀年卡；也有詩人朋友，在卡的背面印上懷人憶事或生日感懷、除夕偶成（當然是預作）之類的詩詞；也有人特地去照一張拱手作揖的彩色相片印在賀年卡上；更有人寫一封報告近況的短信，親筆寫好製版，印成賀年卡寄給朋友。像這一類型的賀年卡自然要比光頭賀年卡有情意得多。

在國外的朋友寄給我的賀年卡，差不多每一位都會在空白處附上幾句別的話，情眞意摯，使人感到特別愉快。我平時喜歡打打小麻將，卻習慣愛做大牌，所以輸錢的時候較多；又有個抽煙的不良嗜好，煙抽多了，不免咳嗽。有位朋友的女兒，在臺灣的時候常對我說：夏伯伯牌要少打，煙要少抽。我的答覆是打牌可以預防「老年痴呆症」，頂多一星期玩一次，不算多。至於抽煙，我先問她知不知道有兩句新的交通標語，叫「喝酒不開車，開車不喝酒」？我的標語是「抽煙不咳嗽，咳嗽不抽煙」，到咳嗽得厲害的時候，就一定不會抽煙。她嘟著嘴說：「對您就像對我老爸一樣，沒輒」！去年她到了美國，年底寄來一張賀年卡，空白處寫了兩句：「祝夏伯伯打牌不輸錢，抽煙不咳嗽」！這兩句附加語，大有反諷意味，讓我直樂了好幾天，心想要回報她這份乖女兒般的關懷，也眞該少打牌，少抽煙了。

六年前國曆元旦，是老牌名記者周培敬、王震如夫婦的金婚紀念，他倆到溪頭渡假，拍攝了一張卿卿我我的彩色照片，回到臺北後，一高興便把這張照片製成賀年卡贈送友好，說明這是他們結婚五十年紀念照。當時中國時報社長楊乃藩，接到這張賀年卡後，立即做了一首打油詩，調侃他們倆，詩曰：

七旬才俊意逍遙，
六八佳人態更嬌。

底事雙雙留倩影？
溪頭昨夜度春宵。

恰好楊那年《中國時報》連續得了新聞金鼎獎，在一個宴會席上，關係人都在座，楊乃藩便當衆朗誦這首詩，引起一陣歡笑。在座有專欄作家袁睽九（應未遲），略作思考後，也回報了乃藩兄一首打油詩：

金鼎今年又奪標，
楊公才調領風騷。
春宵昨夜添佳話，
艷體詩人盡折腰。

因爲一張賀年卡，引出兩首妙詩來，使這次春酒的氣氛，更愉悅有情趣。

去年歲末，我全家老中青三代計畫到花蓮鯉魚潭俱樂部過年，提早於除夕前一天吃團年飯、拜祖先，正在這時候接到張佛千老兄寄來的賀年卡。

這張賀年卡最爲別致，大紅硬面卡紙燙金兩摺，前頁印著故名畫家席德進於一九七八年爲佛千兄畫的一張半身速寫像，神采飛揚，一如他平日在文酒讌談時的意興風發。十多年前，正是席德進個人藝術成就的巔峯時代，這張速寫畫像，自是筆下特別得意傳神。在畫像的右上方，鈐上一塊八分見方的印章，上刻「佛壽無量，佛光無極」八字大篆，爲篆刻名家吳堪白之作，堅勁秀活，體勢非常生動。右下方一章，爲名書法金石家王壯爲所刻「九萬里堂」四字，極沉重古雅之致。右下方又聯翩有兩個圖章，其一爲「愛晚齋」三字，佛老自謂「愛靜夜讀書，愛晚年生命」，故以愛晚齋來作爲他那一間寬敞明亮的書房的命名。另一爲「方夜讀書」四字閒章，採用歐陽修〈秋聲賦〉中句。這兩章都是長方形，由當代書畫大家江兆申篆刻，江氏任職故宮博物院副院長多年，詩文尤雋永稱大雅，惟詩名爲書畫之名所掩；江氏並精金石之學，故所鐫印章，風骨高華，爽朗多姿，最爲當世所寶重。後頁是佛老的鋼筆簽名，「千」字直豎的那一筆，作千尋瀑布之勢，佔全卡之半，直劃之右稍上，鈐聯珠小章二，其一爲「堂堂乎張」，另一爲「佛千」，是他平時爲朋友撰嵌名聯所用，未寫明是何人刻製。直劃之左稍下，是鋼筆寫的「拜年」兩個字。整張賀年卡就是這個樣子的布局，新舊併陳，十分妥貼勻稱。任誰接到這張賀年卡，相信都有與老友面對面的感覺，而且一定會欣賞歡喜個老半天。

佛老已經是八十高齡的老人了，居然還有如此雅興，印製如此富麗高雅的賀年卡寄給朋友，自是快樂長壽的象徵，不但他自己快樂，也連帶給接受這張賀年卡的朋友許多啟示與快樂，使我非常感謝，也非常感動。我當時讓全家大小傳觀，並解說圖章文字的意義，介紹佛老爲人的風趣故事，使我們家這頓年夜飯，大家吃得特別開心。

我們吃完年夜飯，便立刻開了兩部車上道，循北海公路轉蘇花公路直駛花蓮鯉魚潭。因爲佛老在賀年卡的附頁上，另寫了兩行字：「設計古所無，笑我好事否」？很像兩句詩，一路上想著該也做首詩作爲回報。只是遊山玩水，全家同行，不免詩思隨時被打斷，等到初三回到臺北後，趕忙足成寫出，快郵寄奉佛老，同時寫下這篇短文。

下面是寄佛老的那首五言古詩，詩粗得很，聊博佛老一笑：

接奉賀年卡，家宴方舉酒。
一覽喜心開，豪哉吾老友。
朱箋爛金碧，簽字大如斗。
名家速寫像，矯矯昂其首。
挺勁見丰神，氣機動靈紐。
寶印凡六方，鐫勒工何厚。
鐵筆三大師，並代殊少耦。
設計古所無，創新今所有。
時潮窮萬變，奔騰汰腐朽。

貴能執兩端，揉合稱妙手。
席上競傳觀，歎美未絶口。
惟公雅趣多，佳話不脛走。
此卡當什襲，他日實譚藪。
麤詩答隆情，我佛無量壽。

蒐集名片的趣味

我童年最喜歡蒐集香煙盒裏附贈的畫片。那年頭新出品的香煙廠牌眞多，都慣用附送畫片作爲推銷手段。

最初流行在國內的香煙全部是舶來品，愛國華僑陳嘉庚很不服氣，他因而首創南洋兄弟煙草公司，出品一種十支裝的「哈德門」香煙，在市場上與外國煙廠爭一日之短長。記得這種香煙就連續印送過《水滸傳》、《紅樓夢》、《三國演義》、《封神榜》等四大說部的彩色畫片。因爲印刷精美，背面並有簡要說明，不但極受孩子們歡迎，甚至連成人也有興趣去蒐集，閒來玩賞自娛。

後來國內廠商也紛紛出品新廠牌，如雙刀牌、愛而近、紫金山、金鼠牌等，大都效尤哈德門的宣傳手法，於是所有舊章回小說如《七俠五義》、《七劍十三俠》、《隋唐演義》、《包公案》等裏面的人物，都製作成附送的彩色畫片。推銷的效果，居然很不壞。

小孩子蒐集的畫片，以擁有一整套爲榮，要做到擁有一整套很不容易，必須多方交換，而且愈到最後階段愈難，我的記憶裏，蒐集的畫片怕不有兩大紙箱，可沒有一套是完整的。

由於蒐集畫片，引發我很早就喜歡閱讀小說，我幾乎把中國所有舊章回小說和筆記小說讀光，至今我還能把許多册小說裏的人物，按序背誦出來，未始不是童年時代蒐集這些畫片的功勞。還有一個副作用，就是因此使我成爲一個擁有五十多年煙齡的老槍。

後來到社會上做事，接觸面廣了，在社交場合上，常常會接到別人遞給你的名片。普通名片的格式差不多，本來沒有什麼出奇的地方，但社會上林林總總，有各色各樣不同型的大小人物，日子久了，你總會發現一些出乎其類，拔乎其萃的名片，讓你眼睛一亮，不知不覺中認爲値得好好保存下來。

我蒐集有特色的名片，開始實在是無意的。因爲民國二十八年初夏，我獨自一人要由川東的龍潭到重慶附近的綦江去，怕路途不平靖，找一位著名的袍哥舵把子楊照靑先生要了一張名片作爲護身符。這是一張手掌那麼寬窄的紅卡紙上用毛筆寫上楊照靑三個大字的名片。這張名片還眞管用，一路上還眞顯足了神通。所以我一直把它夾在一本白香詞譜的書頁中，追隨我好幾十年。這就成爲我蒐集的第一張名片。

我對蒐集名片遠比不上童年蒐集香煙畫片那樣有勁，因爲即使有人會印製一些光怪陸離的名片，那都是可遇不可求的，全憑各人的交遊遇合。不過半個世紀下來，我倒也曾經蒐集過好幾十張很具有特色的名片，說起來怪有意思，也相當有趣味。

民國二十九年過了舊曆年的元宵節，我從安徽徽州出差到桂林公幹，途次江西吉安，住宿旅館裏。茶房殷勤地幫我把一切安置好之後，忽然遞送給我一張粉紅色小小的名片，滿臉堆著阿諛的笑容對我說：「官長是貴客，我特別替官長介紹一個高級娛樂的地方去消遣、消遣，這位小姐是從北方逃難來的，人長得眞漂亮，會唱戲也會唱歌，談吐高雅得很，賣藝不賣身，官長閒著也是無聊，何不去見識見識？」我接過名片一看，上面印著王韻香三字，右上角印著「清唱候　教」，左下角印的是地址門牌號碼。我那時很年輕，從沒有見過這種陣仗，便託辭說明天一早要趕路，等回程路過時再去探訪罷。

回程當然並沒有去探訪，而且另換了一家旅館。倒是這張小巧的粉紅色的名片，我卻珍重地保存著，以後還常引發過一些遐思，對著名片，想像其爲人，後悔當時怎麼膽子會那麼小；平白讓草草勞生，少了這麼一筆綺麗的點綴。

到桂林躭擱了兩個多月，先是住在將軍橋中央無線電機製造廠的招待所，後來搬到桂花街一位木刻家陳頤模的住處。桂林是抗戰時期大後方有名的文化城，作家和藝術家麕集於此的數不在少，我的活動範圍多半是新聞界和文化圈，因而認識了很多作家、藝術人和新聞界人士。那時用普通重磅紙鉛印名片的還很多，但已發現偶有用白報紙裁訂成一本小拍紙簿似的名片紙，有人用鉛印，有人用木刻章自己蓋印，還有用手寫或用油印上簽名式的。如聶紺弩時任「救亡日報」副刊主編，他的名片就是用拍紙簿型鉛印的。還有袁水拍（馬凡陀）也是用拍紙簿型，可是用油印印上他的簽名式。這種名片，人稱「普羅名片」，相當有特色，也相當有時代性。到了抗戰末期，物資越來越缺乏，連這種普羅名片都算很夠氣派，而且相當流行，為許多人採用了。

那次與我同時到桂林公幹的，有江南各戰區掃蕩簡報的負責人十餘人，其中有位宋君，原係留日學生訓練班結業後再到新聞研究班的學長，這位老兄官不算大，官架子甚大，喜歡擺譜，身穿華達尼軍服，繫三角皮帶掛佩劍，腳登長統馬刺皮靴，神氣活現。他使用的名片比普通用的幾乎大了一倍，上面的銜頭之長，竟多達三十九字，分了三行才排好，其文為「國民政府軍事委員會政治部派駐第×十×集團軍總司令部掃蕩簡報第×十×班中校主任」，同學鍾鳳年不喜歡這個人，拿了他一張名片，用自來水筆劃去前面兩行說：「以後印名片，務必請刪去這二十五個字不要，實在太刺眼了」。宋君以後有沒有接納不得而知，這張名片也就成了我的收藏品。

大凡知名度高的人，一般多不印頭銜，更不印出電話和地址。也有名銜赫赫的人，還會在左上角加印「啟事蓋章」四個小字，大概是防微杜漸，怕有人利用他的名片做出招搖闖騙的事情來。卻也有人盡量把所有的學經歷全印上，惟恐人不知道他的來歷。

抗戰勝利以後，三十五年秋天，我在南京認識一位新聞界的妙人，此人是大名鼎鼎的濟南何冰如，不說別的，單是看他遞給你的那張碩大無朋的名片，就夠你瞧老半天的了。從正面到反面，全印滿了他的銜頭，數一數足足有八十幾個包括全國各省市大小報紙通訊社的駐濟南特派員、特約記者、特約通訊員的名義。你想想，像這個樣子的名片拿出來，誰不對他另眼相看？何況事實上，這位何兄硬是每天向這八十幾家報社通訊社認眞發電訊，發通訊稿，據說他手下用的秘書就有十幾人，凡在濟南每天發生的大小新聞，人物動態，無不一清二楚，他可算得上是濟南眞正的消息靈通人士。

像何冰如這樣的名片，所謂始作俑者，其無後乎，到臺灣後，也曾看過三位仁兄有類似這樣的名片，一位是很早就曾任立法院公共關係室主任的章昌平先生，一位是曾任南京華夏日報社長的尹立言先生，一位是「揚子江風雲」裏眞正的正主兒張振國先生，他們三位名片之大，頭銜之多，在今日臺灣社交場合中，頗少人望其項背，但如果與何冰如相較，則又未免小巫見大巫了。

談到名片具有特色的，其實不勝枚舉，一一介紹，恐怕一萬字也寫不完。不過水準大有高下，我最欣賞漫畫家牛哥的名片，他把本名李費蒙簽字製版，下端再附上他繪畫時使用的「註册商標」，非常清新悅目。另一位也是漫畫家，又是專欄作家兼電視節目主持人的趙寧先生，其名片大致與牛哥同型。他們倆有師生之誼，可見趙先生是非常尊師重道的。

臺灣實行地方自治以來，每次大小選舉，競選的名片滿天飛，其中的名片有兩種是我樂於收集的，一種是年輕貌美印有彩色玉照的女侯選人的名片，除有一份放置在收藏盒內以外，有多的便拿來作書簽，絕不隨便丟棄。據說許曉丹女士競選時印過一種彩色裸照的名片，可惜我沒有看到，不然也大可供我收藏，還有一種是自詡「民主進步」的競選人士，其經歷欄印上「職訓總隊管訓三年、綠島管訓兩年，判處有期徒刑三年」等「光榮葶績」的候選人名片，這種名片眞是「民主進步的」的怪胎，大可作爲將來寫近代史的重要資料，故而也在我收藏之列。

最後有張名片之妙，萬不可遺漏。此人姓劉名永年，軍校十七期畢業，來臺後，一直不得志，因而嗜酒佯狂，鎮日奔走於臺北市黨政軍警文化新聞工商各界，尋消問息，靠幫閒打秋風過日，因爲是孤家寡人一個，生活倒也不難解決。他有個時期在名片上印了「七館主人」頭銜，何謂七館？他的解釋是飲茶上茶館，喝酒上酒館，吃飯上飯館，睡覺住旅館，消閒上賭館，洩洪上妓館，將來死在殯儀館。此人能言善道，筆下也還算不太壞，就是個性甚怪，行爲乖張，誰也不敢惹他，惹上就是痲煩，因此始終找不到一個固定工作。其實此人倒也並不作姦犯科，只是經常在法律邊沿遊走。

民國五十四年，他忽然不用「七館主人」的名片，卻印上兩行表示身分的頭銜，一行是「中華民國國民」，一行是「中國國民黨黨員」，原來那年三月五日，陳副總統辭修去世，劉永年腦筋一動，找了當時臺北市長黃啟瑞、議長張祥傳、省議員陳重光三人合湊了一筆錢，搶先草草編印了一本「陳副總統紀念集」，以定價一百元分別向各公私機關推銷。事爲中央黨部主編陳氏哀思錄的負責人獲悉，大爲不滿，函請警察機關連夜將他已經印就的書册全部查封，劉永年眼看血本無歸，偷鷄不著蝕把米，急得跳脚，連忙印了上述那張名片，獨自跑到中央黨部請願，並聲言印了兩萬册，要求賠償二十萬，否則他就要在黨部門前自殺。結果據查他還只印了初版兩千册，乃由黨部賠償了兩萬元了事。並介紹他到市立殯儀館去做司儀和讀祭文的工作，他聲音宏亮，讀起祭文來，抑揚頓挫，沉痛感人，竟然闖出了名號，收入十分可觀。可惜好運不長，沒有幾年果然應了「七館主人」之讖，眞的死在殯儀館。不過總算不錯，目前臺北市兩家殯儀館司儀讀祭文的，都是劉永年的徒弟，也算是有了傳人了。

非到關頭寫不出

作家們在寫作時，或多或少都有些各自不同的習慣和怪癖。其中大概以喜歡藉喝酒、吸煙、飲茶、吃零嘴以增加靈感的居多。至於別的習慣則又因人而異，殊難遍舉。

唐代詩人有所謂「酒中八仙」，領銜的李白便是以「斗酒百篇」名傳千古。宋代文豪蘇東坡，嘗自謂他寫文章多成於「三上」，即「枕上、馬上、厠上」，只有在這「三上」的時間，最便於構思。又清人袁隨園有句云：「夢中得句多忘卻，催醒姬人代記詩」，這倒是別具一格的寫作方式，但顯得沾沾自喜，似乎在炫耀甚麼，用湖南話批評，未免帶三分「朽氣」。

近代知名作家中，蘇曼殊寫《斷鴻零雁記》，從執筆到脫稿，就吃光了十磅巧克力糖。筆名小鳳的葉楚傖，晚上替報社寫社論，桌上必備白乾一壺、花生米一包，酒和花生米吃完，社論也就寫好了。頹廢作家郁達夫和專寫三角戀愛的小說作家張資平，兩人都有近乎隨園的癖嗜，並且都自己爲文自暴不諱，其令人噁心處，僅次於辜鴻銘的好嗅婦人小腳以助文思。

在臺灣，我因爲編過多年副刊，認識的作家不少，因此也熟知許多作家們的一些特殊習慣，談談也很有趣味。像老作家陳紀瀅，在大陸時代就編過大公報副刊，但他寫文章從來不習慣用有格稿紙，卻慣用十行紙。現在作家寫稿，普遍都用原子筆，他卻仍用派克鋼筆。那筆「法書」，先是由小而大，繼之由大而小，循環變化，疏密相間。又多長文，使編者在計算字數時，深以爲苦。只以紀老文章的可讀性高，所以不能不忍苦採用。

論稿件書法之工整高妙，當推潘重規教授爲第一，他投寄的詩文也類多高水準作品。原稿係用毛筆書寫，本身就是一件藝術品。故每次我都用影印本發稿，原稿就私人「侵吞」下來收藏。孰料日久不知潘氏得了那位高人指點，吝寄原稿，都是寄影印稿，使我再也沒有「貪污」的機會，不勝悵悵。

還有一位武俠小說作家臥龍生，因爲他的稿子是連載，常常需要催稿。我問他何以不一次多寫寄一點？他向我大吐苦水道：「我只要連續寫三天，就會滿腦子張三殺李四，李四殺張三，不停筆非變神經病不可，所以一定要隨著打一晚通宵麻將，讓紅中白板把腦子裏的刀光劍影驅逐出境，才能再構想下文。」可見行行都有苦處，恐怕讀者想都想不到罷。

至於我個人對於寫作，就像個開雜貨店的。因爲興趣廣泛，無論散文、雜文、小說、新舊詩詞、文藝理論，甚麼都寫，膽大臉厚，也甚麼都敢寫。只是發表慾並不強烈，人又懶得出奇，雖然濫竽寫作已超過五十年，倒也談不上有甚麼特別的習慣與癖嗜，惟一的惡習是：非逼到最後硬要過關不可的時候，我是半個字都寫不出來的，說來慚愧之至！

辦大報如烹小鮮

報禁開放，有意辦報的人如蟄蟲聞雷聲而蠢動。短短幾天之內，申請登記的新報，南部已有八家，北部先有四家，預料以後必然還有蓄勢繼起者。

原有各家報社，早在半年前即已先作種種安排，而以招兵買馬，延攬人才爲急務。由於人才的需求量很大，培訓人才，時間上來不及，大家都想圖個現成，彼此大肆挖角，挖得張三李四，一個個時來運轉，身價十倍。這是首先發現的前奏現象。

今年元旦起，現有各報，紛紛增張擴版，各顯神通。有實力的放手增到六張的上限，根柢較弱的，像民間做拜拜一樣，也要趕上去向大家看齊。最不濟也勉力增爲五張或四張，可謂捨命陪君子。因此，圈內圈外，都認定臺灣報業已進入一個嶄新的戰國時代，在未來的日子裏，大有熱鬧可看。

我家本來訂有日報四份，晚報兩份。這幾天，晨起外出散步，回程總又順便再買五六份沒有長期訂閱的其他報紙，細心閱覽和比較。我是剛退休不到一年的新聞從業員，難免對報業新情勢仍有幾分關心，反正有的是時間，整天看報就算是當他消遣。

不料三天下來，眼睛乾澀澀的，頭腦昏沉沉的，眉毛下面的眼眶骨發痠發痛，血壓也好像驟升了十度。這還不打緊，糟的是報多成災，散亂或堆積得到處都是，惹得老妻大發牢騷，說我製造髒亂，浪費金錢，不愛惜身體。一怒之下，下令不准再買零售報，連現有訂閱的也要退掉四份，留下日晚報各一份就行了。說這樣按月可以節省千把多塊錢，足夠一個月買葡萄柚吃的費用。

俗話說：「嘗一臠而知全味」，這樣看報，雖然只有三天，心裏大概已經有了整譜。各家有各家的門道，各家有各家的短長。憑良心說，沒有一家不是卯足了勁，力求出色當行，企望增加讀者心目中的份量。問題是，畢竟篇幅在匆促之間猛增了一倍，總難免不手忙腳亂，不那麼容易顧到章法，因此也就很難盡如人意。

老子說：「治大國如烹小鮮」，依我的看法，辦大報也就如同烹小鮮是一個樣。中國是文化大國，也是飲食大國。中國飲食文化之博大精深，舉世無與倫比。其道可以與「政」通，所謂「調和鼎鼐」，就是把執掌政柄的閣揆，比之爲大廚師，可見其不可小視。

當然，其道也可以與辦報相通，報老闆就是餐館老闆，負責言論、編採、發行、廣告的各級工作人員，就是大廚、二廚、三廚、領檯、跑堂。整桌酒席開出來，氣派氣象如何？配菜、主菜、小碟、尾點，包括海陸時鮮的調配，濃腴清淡的中和，火候刀工的處理，品質鮮度的講求，上菜次序的安排等等，都有賴於大廚的指揮調度。其職權之高，事務之繁，責任之重，與報社總編輯相提並論，應該不算辱沒了斯文。

每家報紙都有它的立場、背景、風格、用人制度和經營方針，這些不同點，與它的業務拓展及輿論影響力量，固然都有關聯，但實質上並非眞正的重點所在。我不願拿現有各報作任何分析與批評，卻願就飲食之道，更切合些說，是餐館經營之道，稍作概略的比譬。報紙是現代人一日不可或無的「精神食糧」，兩者相去不遠，談起來似乎比較方便。

餐館首重烹調技術，最基本的要求，所有菜式講究「色、香、味」都要夠水準。有名的餐館，大廚們幾乎都擁有三兩樣拿手菜式，或稱「私房菜」，或稱「招牌菜」，所謂「出乎其類，拔乎其萃」，顯然有非他廚所及的幾招絕活，故一家餐館的掌廚師傅，實爲營業盛衰的關鍵人物。

報紙的關鍵人物，是主筆和編採人員。任何一家有成就的報紙，沒有一家不講究「好筆掛帥」。報紙的地位如何，就是先看它擁有多少支好筆？外勤採訪不僅需要一支「夢筆生花」的妙筆，還需要有一支「倚馬可待」的快筆。編輯標題不僅需要一支「畫龍點睛」的神筆，還需要一支「點鐵成金」的仙筆。撰述評論不僅需要一支「如椽」的大筆，更需要一支「董狐」的直筆。好筆愈多，報紙的可看性必然愈高，讀者心目中輿論權威的地位才能樹立得起來，這是天經地義的事。

一般餐館老板，對掌厨人總是特別禮遇，絕不會頤指氣使，吆喝隨意，擺出一付傖夫或暴發戶面孔，認爲我賞你飯吃，要你如何就得如何。我想報老板也是一樣，不僅要識拔人才，善用人才，更要禮遇人才。這樣才能留得住人才，使人才「守死不去」，充分發揮他的潛力。這種使人才能「守死不去」，而且充分發揮了潛力的報老板也並非沒有，惟據我所知，充其量也僅有一個、半個罷了，說起來令人浩歎。

自孔夫子倡「食不厭精，燴不厭細」之說，同時喊出「割不正不食」的口號，那是「精緻飲食文化」的嚆矢。後世又有人提出「美食不如美器」的觀念，也廣爲大衆所接受。認爲同品質的食物，置於精粗不同的容器中，影響食慾與味覺，的確有很大的差異。

近些年來，國人有感於我們的「文化走向」，有「水往低處流」的態勢。因而不少有心人呼籲要提高文化品質，創造「精緻文化」。報紙是文化先鋒，本來最有資格負起力挽狂瀾的責任。而現在報社加多，報紙增張，報價也漲了一倍，似乎對於「創造精緻文化」的使命，反而更添加了困難。一般印象，多數除了紙質、印刷、美工都不錯之外，量也的確增添了不少，只是「有字的空白」總嫌稍多，讀者不能得到預期的滿足。

正如某仁兄從一家著名觀光飯店的餐廳出來發牢騷：「上了一、二十道主菜和配菜，都不知道甚麼滋味。倒是豪華的裝飾、鮮花、冰雕、果雕、菜雕，和各式精美的器皿把我的眼睛看花了。」像這種本末倒置的情形，雖然革了中國傳統飲食文化的命，但是也傷了中國傳統飲食文化的根。除了餐館老板的荷包外，請問還有沒有其他的好處？

現代科學知識昌明，國人對於飲食，寖漸注重營養與衛生。只要看各大醫院的飲食部，大多聘請獲有碩士、博士學位的營養專家主持，不難揣知其重要性。目前大部分家庭飲食，無不注意及此。有好多大小餐館，並且特別拿如何營養如何衛生來作爲標榜，以廣招徠。現代人追求健康的精神生活，天天需要「精神食糧」，辦報紙的在營養衛生方面總不能不特別加以注意吧？文字的事情最難，報紙的傳播面廣，影響力強，白紙印成黑字，擦都擦不掉。那怕只有兩個字不衛生，卻要讓多少人得感冒？如果引起併發症，後果將更加糟糕，豈可不特加注意。

「一個廚師廚藝的培成，除了名師指點外，完全靠本身有智慧，有創意，並全心投入，益以時間和經驗的累積，多方觀摹融匯，然後才能有成。」以湘菜馳名海內外的名廚師彭長貴先生，是今日湘菜建立地位的大功臣，他培植了許多後起之秀，前面那段話就是他對他的徒輩說的。他的弟子中有一人追隨他多年，始終不能傳其術。他對其人說：「我硬是搞不懂你爲甚麼會把一樣好菜弄得這樣糟，我該反過來向你學，看到底是怎樣搞糟的。我看你再不必學了，還是想法去當老板罷！」

這不是說笑話，這樣的例子，在報界也並不少見，彭長貴先生說得不錯，反正當老板用不著親自拿鍋鏟，有甚麼關係？

談登高 說敬老

九九重陽節，是個最富詩意的節令，習俗上大家喜歡在這天登高，因為傳說中有個爬到高山上可以逃避刼難的故事，許多人一直這樣相信。

魏文帝曹丕卻特別喜歡這個節令的名稱，認為九九諧音久久，有長遠綿邈的意義；他曾寫信給鍾繇，說這天最宜「置酒高會」。因此後來衍變成騷人墨客們尋幽訪勝，飲酒賦詩的雅集。

自魏晉以下，詩人重九登高的作品相當多，名句自然不少。近代海藏樓主人鄭孝胥每年都有重九詩，且多佳句。某年他的〈重九〉詩中有這麼兩句：「枉被人稱鄭重九，更無豪語壓悲辛。」就甚見其胸中丘壑。我不太喜歡鄭孝胥這個人，但很喜歡海藏樓的詩，這該算是一種說不出道理的矛盾。

因為重陽有久遠的涵義，老人們特感興趣。唐詩人白居易晚年不做官了，就曾與其他八個退休老友，組織了一個「九老會」，重陽這天，定要來個盛大的雅集。後來宋人李昉離開宰相的職務也仿冒組織了一個「九老會」。宋神宗時，文彥博慕白樂天的高風，特組織了一個「耆英會」，必七十歲以上才有資格，會員也不限於九人，他們論齒不論爵，絕無世俗的官僚朽氣，但以能飲酒賦詩爲要件。其中只有司馬光是個例外，他年不足七十，又不能飲酒，原因是他主編《資治通鑑》，寢饋其中十九年，晚年眼睛得了嚴重的「飛蚊症」，而且又有高血壓的毛病。

前面談的是唐宋老人們自己敬自己的一種生活方式。關於重陽敬老，倒是歷代都很重視的盛世盛事之一。封建時代，皇帝對高年臣民，多半在重陽這天，有列册賜布帛飲宴之舉。清康乾間甚至還舉行過多次「千叟宴」，不過並不定在重陽這天，但「敬老」的意義是一樣的。

臺灣光復以來，每年都舉辦敬老活動，平時更特別關切老人福祉，推行許多福利措施，衣食住行育樂之外，病醫死葬，無不設想相當週到，這實在是一項很大的進步。

說到敬老，這個敬字應該完全是被動的、客觀的。其中有個當得起當不起的問題在。早年湖南有位著名的經史學家李肖聃先生，爲三湘物望。何鍵發表湖南省主席時，在重陽這天，特遣秘書某君致送銀元一千元爲「表敬」，藉以示好。不料老先生當即質問爲甚麼送這筆巨款？秘書婉答：「這是主席表示一點敬老尊賢的意思。」老先生正色厲聲回道：「這句話不通！說老，很多人比我老，爲甚麼不送給他們？說到賢，我平白收了一千元，再賢也變成不賢了。請拿回去罷！」這位秘書硬是碰個釘子回去。

我家與肖聃先生爲近鄰，有世誼，這個故事，記憶最深。我想像肖聃先生這樣的老人，眞是值得敬重。

十月艷陽天

每年十月，因爲有三個固定的光輝慶典，國人照例都以歡騰的心情，老早就在熱烈的作迎接準備。最令人興奮的是散布在全球各地的僑胞，每年都有上萬的代表組團，紛紛從四面八方回到自由祖國來參加。不僅人數年有遞增，而且留連在國內的時間往往一再延長，不忍遽返。具見僑胞對政府向心力的強大與堅久。外國朋友包括與我國並無邦交的民間人士或半官方人士，趁這個時段到寶島來參加慶典，觀光訪問和洽談生意的，也年有增加，顯示中華民國在國際間確有相當大的魅力和吸引力。

中共政權以十月一日爲他們的「國慶」，儘管他們骷髏頭擦粉，死要面子，舖張揚厲，花招百出，但大陸同胞就是提不起勁兒來，相反的心頭都蘊蓄了一股無名的怒火。海外僑胞則尤其表現得十分冷淡。所謂「國際友人」，除少數共產國家外，多數民主國家卻都因爲對「六四」暴行的厭惡反應，乃至避之若浼。因此今年天安門的慶祝會，襯托廣場上洗不去的血痕，顯露出非比尋常的孤寂與淒涼意味。即使是一字排開的紅朝頭頭們，心上緊壓著的鉛塊，恐怕比廣場上空密布的雲，還要陰暗沉重些罷。

至於中共駐在外國的使館，當舉行慶祝酒會時，場面增加了比往年更多的尷尬，館外一片示威抗議的人潮，受邀參加酒會的貴賓們，多數藉故不赴會，有些臨場看到苗頭不對，跟著打了退堂鼓。只有少數礙於外交禮節非去不可的人，悄悄低頭走進使館去，就像做了一樁見不得人的事一樣。看到人造衛星傳送的這些個電視鏡頭，使我們感到公道自在人心，正義永遠不會磨滅，中外都一樣。

國內慶祝雙十國慶的歡騰景象不必說，在世界上任何一地的華僑社會，每逢雙十，也莫不懸燈結綵，舉行各種慶祝活動。青天白日滿地紅的國旗，在許多與我並無邦交國家，照樣迎風飛舞，使中共使館的人員爲之氣結而又莫可奈何。即以與大陸密邇相鄰的港九地區而言，中共的勢力少說已控制了一小半，他們又慣於施用威脅利誘的兩把刀政策，但仍然扭不轉港九僑胞熱愛 國父中山先生手創的中華民國的赤誠之心，和對中共的深惡之而痛絕之。今年在港九舉行的雙十酒會，擺出的酒筵數量就超過了一萬席，較十一慶祝酒會要多過一倍，此情此景，四十年如一日，港九同胞「義不帝秦」的節操，非但至今迄無改變，而且表現有更益強烈之勢。

十月另有兩個重要紀念節日，一是臺灣光復節，一是先總統　蔣公冥誕紀念。這兩個節日對今日復興基地而言，尤具有特別的重大意義。回顧過去，瞻望未來，檢討現在，我們每個人的內心深處，有歡愉、有痛楚，也有無比光明的希望，感想何止萬千？

臺灣光復迄今已四十四年，光復前後的生活型態，包括精神和物質兩個層面，都顯然劃出了一道截然不同的分水嶺。簡言之，光復前有五十年是受異族宰制，光復後是自己當家。而爲歷史樹立這塊里程碑的關鍵人物，是先總統　蔣公。假如沒有他的堅持抗日到底，臺灣不會光復；假如沒有他領導的中國國民黨，把中山先生三民主義的政治理想在臺澎金馬逐步實施，也不會有今日民主自由、繁榮富庶的臺灣。大凡稍有識見及良知的國民，都應該會看得十分清楚。

回想日據時期，臺灣同胞所受種種不平等的待遇，提起來至今心還是痛的。中國人不能開辦中國學校，不能使用中國文字，讀日本大學，科系也要受特別限制。辦報或任何政治活動更是談都不要談。甚至強迫臺灣同胞「數典忘祖」，實行所謂「皇民化」政策，廢去中國的姓氏，變換爲「林武太郎」、「榮淑芳子」之類的日本姓名。蓬萊米是日本人吃的，海裏的紅魚，河裏的香魚，也都是日本人的專利食物，中國人別想吃。稱呼警察要呼爲「大人」，警察就是所有臺灣同胞的「主宰」。日本軍閥發動侵華戰爭，強迫臺胞同胞當「兵伕」，要中國人去打中國人。種種切切，不提也罷。中國人向來有個健忘的毛病，但我不相信每個人都健忘。

中國人與日本打了八年仗，中國人在先總統領導下，堅苦卓絕，永遠站在民主與正義的一邊，終於得到最後的勝利。照理說，中國已經躍居世界五強之一，國家的聲望已經足可以為世界和平提出貢獻，中國地大物博，雖然戰後滿目瘡痍，只要假以休養生息的時日，前途自然一片光明。問題是中國人自己太不爭氣，中國共產黨在抗戰期間乘機坐大，勝利後又復乘機全面叛亂，國人對共產黨的認識不清，受他們花言巧語蠱惑，被他們威脅利誘控制，抗日的勝利果實被他們攘奪了，大好河山也終於淪入魔掌，成為人間地獄。

四十年來，中共殘暴專橫的本質始終沒有變，笑裏藏刀的統戰伎倆也仍是老套，改革的路走不了幾步又回頭向後轉。一鬆一緊，一緊一鬆，鬆了會垮，緊了會死，中共政權只好讓歷史一再重演，善良的中國人民也一再落入他們預設的陷阱。然而自今年天安門廣場發生的六四民主運動，上萬人遭到血腥殺戮的鎮壓後，中國人再健忘，再愚昧，但血的教訓，總算大家都在逆來順受的混沌中驚醒過來，海內外中國人「反共爭民主」的連線運動在波瀾壯濶的形成之中，「天要變了，堅信中共政權，終將有一天被自己殘酷的黑手扼死！」這是大陸知識分子共同的呼喊，也是他們共同的信心。

臺灣光復之初是甚麼景象?今天又是甚麼景象?年輕的孩子們以爲他們一生下來就是如此,五十歲以上的人應該記憶猶新。自政府遷臺,銳意建設臺澎金馬爲復興基地,四十年來經過多少驚濤駭浪?眞正是臥薪嘗膽,忍辱含垢,化悲憤爲力量,才能面對憂患如排山倒海而來的變局始終屹立於國際舞臺,而且每經一次「蛻變」而愈益堅強壯實。這種成就不是平白從天上掉下來的,需要付出多大的智慧和多少人的汗血?蔣公雖已去世十四年,但遺規具在,精神永存,目前國步雖艱,但統一大業已露曙光,我們堅信黑暗快到了盡頭,蠻橫暴虐的中共政權,這個在沙灘上建立的專制王朝,終將爲大時代自由民主的浪潮所吞沒。

我們唯一不能已於言者,是要奉勸少數主張「臺灣獨立」的異議分子,我們誰都有參教政治的權利,但人人也有爲國家社會貢獻心力的義務。你們說的是中國話,接受的是中國與育,使用中國的文字,從小受國家社會栽培,你們的祖先都是從唐山來拓荒的中國人,你們額頭上烙了字,永遠是中國人,你們天經地義應該對國家社會有所回饋,這是做人的基本道理。今天你們卻否認自己是中國人,你們不報答國家社會倒也罷了,在這中國歷史最重要的關鍵時刻,反而提出叛國和危害社會的主張,並且付諸行動,那就是亂臣賊子!

談到搞政治,政治不是給人「玩」的,上焉者做政治家,政治家必須胸襟開濶,眼光遠大,有周密深博、大公無私、「放之四海而皆準」的政治思想體系,有忠誠的愛國情操,完美的人格和堅毅執著的勇氣。下焉者做政客，翻手爲雲，覆手爲雨，知權達變，見風使舵，這也要有相當的能耐才行，政客雖並不可取，若能及時改邪歸正，去私爲公，最後倒也不難修成一點正果。再等而下之，根本不入流的就是扮演政治小丑，或甘爲政治流氓，則於國家社會有害，於個人也毫無好處。異議分子中不少鼠目寸光，夜郎自大之輩，跟在別人尾巴後面搖旗吶喊，只能稱之爲政治蟑螂。

希望十月的光輝，能驅散這些邪惡的陰影。今日臺灣有錢淹腳目的繁榮經濟，有無數勤勞致富的人民，智識分子和中產階級如此之多，社會福利事業亦在蓬勃的逐年進展，人民的生活水準普遍日趨現代化。臺灣已不可能成爲共產主義的溫床，而臺灣的政治已奠定穩固的民主憲政之基爲廣大人民所接受。如果臺獨分子倡亂，則一旦堤防潰決，家國俱亡，勢必陷於永刧不復，想必絕非眞正的智者所欲爲。

奉勸想做「政治人物」的人們：請力爭上游，愼重抉擇，把方向盤打正，千萬不要從下流而忘返，不到黃河不死心。我們只有團結一致，共同渡過這段黎明前的黑暗時刻，共同爲促成海峽兩岸自由民主的和平統一而努力，這才是每一個中國知識分子應該肩負起來的使命。請看東德難民的逃亡潮，請看匈牙利人民揚棄共產主義的勇決，請看蘇俄醞釀政治改革的可能走向和作法，這些都是二十一世紀自由民主的時代大浪潮的前奏曲。「中國的希望在臺灣，臺灣的目標在大陸」，國家前途是光明的，希望十月艷陽天的光輝能照亮你們的心府。

中國是中國人的中國

七十年前，在北京爆發的「五四運動」，霹靂一聲，猶如驚蟄的春雷，激發了全國人民的愛國精神，也啟發了智識份子認眞追求現代的民主思想和科學思想，其意義實不亞於西歐的文藝復興運動。就國民革命的歷史而言，更產生了劃時代的重要轉變，「五四」精神不僅影響了過去和現在，同時勢必還要影響到未來。

當年　中山先生領導國民革命，推翻滿清，建立東亞第一個民主國家中華民國，表象上萬眾歡騰，大家慶幸從此解脫了封建枷鎖，前景無限光明。只怪中國人自己太不爭氣，推翻了一個末代王朝的皇帝，卻產生更多的土皇帝。二次革命失敗後，殘餘的封建思想，仍然牢不可破的存在於大大小小的軍閥與官僚政客的腦海中。他們以北京爲主要根據地，「北洋政府」便是他們最活躍的舞臺。這股封建勢力的腐敗顢頇，與滿清末季並無二致，從袁世凱以下的執政者，專以賣國求榮爲目的，甚且與帝國主義的侵略聯繫勾結，公然與革命爲敵。

由於五四運動的爆發，震撼了全國的人心，「內除國賊，外爭國權」是全民的共識，時 中山先生改組中華革命黨，擴大吸收黨員，成立中國國民黨。國民黨人更看穿軍閥是以帝國主義爲靠山，於是乾脆擒賊擒王，喊出第一聲「打倒帝國主義」的口號，強調「中國是中國人的中國」！ 中山先生在此數年之中，更積極完成他的思想學說體系，成爲反帝反封建、反軍閥的有力武器。 中山先生曾說：

「要以後眞正和平統一，還是要軍閥絕種，要軍閥絕種，便要打破串通軍閥來作惡的帝國主義，要打破帝國主義，必須廢除中外一切不平等條約。」

中山先生領導的中國國民黨，始終是中華民族革命的主力，反帝反封建也始終是國民黨人奮鬥不懈的目標。 中山先生臨終前，慨歎「革命尙未成功」，呼籲「同志仍須努力」。他的繼起者 蔣公，順應五四運動傳承下來的洶湧澎湃及於全國的時代怒潮，於十五年春間，力促政府早定北伐大計。惟這一時期，共產黨在國民黨內部及軍隊政治部發展小組織，黨內理論混淆，互相排忌。共產黨堅決反對北伐，百計阻撓，蘇聯顧問鮑羅廷把持黨政，專事進行挑撥離間的陰謀。而日本對我北伐軍事，尤多妨礙，在濟南造成的「五三慘案」，國人莫不悲憤切齒。 故自十五年七月 蔣公就任國民革命軍總司令誓師北伐起， 時間綿歷兩年，力克各種艱危，終於在民國十七年二月克復平津，完成了北伐的勝利。中華民國算是又獲得了形式上的統一。

「五四運動」並不是偶發事件，在歷史的包袱中，塞滿了經濟的變動，政治的腐敗，軍閥的橫行，以及思想上的轉變。擠塞得太緊了，醞釀得太久了，所以一旦爆發，就發生了極大的力量，而且是十分持久的力量。後來表現在對日抗戰八年的堅苦卓絕的精神，實際上可以說也就是五四精神的延續。最後抗日之戰勝利了，不平等條約也統統取消了。反封建、反軍閥和反帝國主義的諾言，中國國民黨至此已經把國人共同的目標完全兌現了。

五四運動之所以不爲軍閥政客的權詐破壞、汚辱和利用，就是在於大家所抱持的目標，非常光明正大，不但威武不能屈，而且富貴不能淫，這種精神應該是中國發憤圖強的最大支撐力。不幸的是當年「內除國賊」的執行未能徹底，不爭氣的中國人中，「國賊」也太多了，毛澤東就是天字第一號的國賊，他領導的共產黨不僅甘爲蘇俄的附庸，在抗日戰爭中，甚且勾結日本人打自己人，一味貪天功以爲己功，終於以機巧陰狠暴虐欺騙等各種卑劣手段，攫奪了國民政府及全國軍民辛勤艱苦得來的勝利果實，破壞國體，魚肉人民，倒行逆施，讓國家的處境貧窮落後倒退了四十年。

西諺云：「挾智術以用世，須知世界上並無愚人」。中共政權在大陸上欺騙世人達四十年之久，一騙再騙三騙，騙來騙去，全是不能兌現的空頭支票，大眾再愚昧無知，也終必有覺醒的一天。何況爭取自由、爭取民主、爭取人權，是當前這個時代沛然莫之能禦的大潮流，共產黨以往那一套獨裁專制的暴力統制政策，已經不能再發生力量了。「民不畏死，奈何以死懼之？」幾天前天安門廣場上集結四十萬人的大示威，其中絕大部分是大學生和工人，學生們已經喊出了第一聲「打倒共產主義」的口號，並且高呼：

「沒有什麼好怕的，以暴力爲手段的『政府』不會存在太久！」

這正是一個暴政必將崩潰的信號，其情形一如七十年前「五四運動」的新拷貝。

中華民國在臺灣復興基地艱苦經營了四十年，已經爲「民主」奠下了良好的根基；爲「科學」已走上了發展尖端科技的道路；就文化運動言，一方面創新建設了現代文化，一方面也致力復興優良的傳統文化。我們確認光輝的五四運動精神，還要繼續維護發揚下去。我們也肯定七十年前 中山先生說過的話：「中國是中國人的中國」！因此，建設一個民主、自由、均富繁榮和有高度文化的社會，是中華民國政府努力奮鬥的總目標。中國只有一個，非統一不可，但絕對不是一個實行共產主義的國家，也絕不能容許有「臺獨思想」或「一中一臺」的想法。我們要積極支援大陸的「新五四運動」，爲十億中國人爭取主權，謀求福祉，這是我們無可旁貸的責任。

黃埔靈根・覓橋血胤

——六軍事學府取景

今天國軍被譽爲舉世最優越的軍隊之一，這點我們決不會臉上發燒。因爲國軍制度的健全，品質的秀出，士氣的振奮，戰力的堅強，每一項都經得起新標準軍事評鑑。國軍這一巍然新形象的建立，全國所有軍事學校的貢獻極大，只是他們的努力與成就沒有普遍爲國人所熟知而已。

三月中旬，有個機會參觀了六所著名的軍事院校，包括政戰學校、中正理工學院、中正預校和陸、海、空三軍官校。五天日程，除第三天同時參觀兩校外，首尾四天都是每日參觀一校，時間非常從容，訪問不遺鉅細。與其說看了許多東西，不如說學了很多東西。

在我們的印象中，這些學校有許多共同的特點：

——校區遼闊，建築堂皇，風景清幽，環境整潔，絕沒有任何外來的干擾。

——圖書館的藏書及微片，實驗室的儀器及工具，（包括巨型精密機械）既多且新。更有電視攝影棚，機動攝製視聽教材。

——師資陣營堅強，平均百分之六十五至七十五擁有博士、碩士學位。而師生生活打成一片，情同父子兄弟。

——運動場所特別多，種類全，標準高。場地及各種器材，足够學生在同一時間內使用。

——社團活動和各種競賽項目，校方在物力和經費上不惜全力支援，因此成績普遍的十分出色。

——學生伙食，量多質好，衛生可口之外，兼富變化。

——學生個個生龍活虎，雄姿英發，能跑能跳，能說能寫。那麼多人看不到一個帶近視眼鏡的。

——所修教育學分，較普通一般大專院校為多，並以革命思想教育及兵學教育為之融貫，從入學到畢業，氣質經過變化，前後判若兩人，弱者變強，強者更強。

——學生畢業，除授予學士學位，並任命為國軍中尉軍官。得碩士學位，任命為少校軍官。得博士學位，任命為中（上）校軍官。以後隨時還有被甄選保送繼續進修深造的機會。

前述僅大處所見，像這樣優越的教育環境、完善的教育制度，充滿愛心的教育方式下所培育出來的青年，無疑都是現代國防英才，國家必然視之爲瓌寶重器，前途光明遠大，自不待言。

軍校招生，向在大專聯招之後，一般總以爲精華已先被吸收，考到軍校的至多算第二流。其實這種看法僅及於表層，並沒有朝深遠處察析，很有失公平。

何以言之？一則許多人立志投考軍校，原始就改棄了大專聯招，這些人未必不就是頂尖兒的精華。二則「人才高下」應從學術、品格、體能等多方面衡量，不可以執著於一點就遽予認定。何況青年期的智能潛力多半還在蘊蓄階段，必待啟廸、訓練、經過多重考驗而後可以充分發揮。其中或潛力有深淺，或表見有遲速，更不能完全根據大專聯招的標準來定其流次。三則青年期的可塑性仍然極大，後天教育功能的影響力尤關重要。軍校實行德智體羣四育並重及「文武合一，術德兼修」的教育，勤教嚴繩，淘汰率恆在百分之四十左右，不是眞正的精英，絕不能等到四年畢業，早就被「當」掉了。故所謂第一流第二流之說，此時未免言之過早。必待大家畢業走出了校門，那時比比看誰是第一流，誰是第二流？才能算數。這才是眞正靠牢靠實的看法。

這六所軍校，性質各有不同。其中，中正預校的使命，是以「發揮三軍一體精神，辦成全國最優良高中，奠定軍官預備教育基礎」爲目標。修學三年，畢業後依性向和志願分別升入三軍官校及政戰學校。預校現有學生四千餘人，這羣強壯、快樂、漂亮的小老虎，是黃埔新生代的最佳品種，看到他們，就等於看到了國家的富強和復興。眞希望有那麼一天，全國高中都能以預校爲模式。

中正理工學院是培養國防科學人才的最高學府，除大學部及專科部理工科系外，並設有研究部碩士班和博士班。國家投資之鉅是驚人的，但其成就也相對的非常驚人。在十餘項重要國防研究專案中，均已有令人滿意的成果和進展。該院受贈各方獎學金甚多，加上學生待遇優厚，往往畢業後人人都可儲蓄數萬元，這一點恐怕很少爲外人所知。

陸軍官校是一所歷史悠久的革命學府，承襲黃埔的光榮傳統，一脈至今已五十七年。不斷開創新局，追越時代。現在更是氣象日新又新，規模寖然將追擬美國西點軍校，而團隊精神及思想訓練的成就或又遠超過之。

海軍官校同樣脈承黃埔精神，以培育最優秀的現代海軍軍官爲主要使命。該校學生個個儀表非凡，帥勁十足，無人不是游泳健將和跳舞高手，且外語能力及自然科學的基礎，普遍水準甚高。動定之間，予人一種智勇雙全，剛毅沉著的印象。

空軍官校的前身，是五十年前設在杭州筧橋的中央航空學校。所謂「筧橋精神」，是航校前期同學以無比的犧牲勇毅創建出來的。今日岡山的空軍官校，即其一脈相承的血胤。空軍爲現代「天驕」，必須具備超人的智慧、體格和品德，因此他們特別重視科學、飛行和思想的教育。現代空軍的出路是高逸的、廣闊的，他們飛翔的空間，將不僅是無際的穹蒼，也同時是無限的科學世界。

政戰學校於民國四十年在一片不毛之地建校，三十年辛勤播種，創建了「復興崗精神」，實質上仍屬黃埔靈根的移植。該校教育時間四年三個月，要修滿大學法規定的學分，要接受嚴格的軍訓，要深入研究三民主義的思想及世界政治思潮，要勤習「寫、說、唱、演、畫、拳、舞、游、照（像）、醫（護）」等諸般才藝。因此寒暑假期都要被利用上，生活忙迫而充實。但學成後，幾乎人人都修鍊爲「三頭六臂」、「十項全能」，雖木蘭村的女兵們也不例外。今日政工對強化部隊精神戰力，促進三軍一體的團隊合作及培養官兵必勝信念，之所以能嶄然卓著績效，謂爲得力於政戰教育的成功，應該是一項不爭的事實。

筆者畢業軍校十六期，在軍中十四年，曾轉戰大江南北，遠戍長城內外，來臺後不久奉令離職轉業。此次以作家身份訪問了六所重要軍事學府，目之所覩，耳之所聞，不僅牽引許多塵封已久的孤懷舊夢，也激發了「老驥」不能或已的壯心。在苒逾三十年，眼見黃埔的靈根，筧橋的血胤，在復興基地上蓬勃的成長，超速的精進，實在感到滿心的振奮，無比的欣快。

時代進入七十年代，三民主義統一大陸的鐘聲已經響了。青年的血，永遠是鮮熱的。今日的青年，與開國時代、北伐時代、對日抗戰時代的青年們，其愛國情操永遠不會走樣。相信全國無數有大志、有遠見的青年們，爲了革命救國，必將踴躍投考軍校，因爲這是開展自己前途和直接報國的最佳途徑。

孤注

嚴格的說，我並不是一個賭徒，因爲我並非經常沉緬於賭博。可是，活了偌大一把年紀，逢場作戲的機會不算少，因而我熟知各種賭博的方式與規矩。我不慣於掃朋友的興，在若干很自然的情勢下，對一些小玩玩的賭博，大部份未嘗以疾辭。但我也有我的一些原則，「時、地、人」是三項基本的選擇，「氣氛、情緒、錢包」，也是我決定是否參與的因素。我不在乎輸贏，總以輕鬆愉快、享受發揮自我意志的樂趣爲主。那是指三朋四友，休沐喜慶之日，打打小麻將而言。

任何人不參加賭博則已，只要沾上一個賭字，多數人都會難以抗拒那種極具刺激性的誘惑。因爲賭博的趣味就是建立在一輸一贏的上面。「勝固欣然，敗亦可喜」，陳義太高。說得俚俗些，就是輸贏都會有一種很過癮的感受。其實，人類天生就有賭性，不過有強有弱罷了。我的朋友某公寫過一首打油詩，詩曰：「自古人生如賭博，賭場正可看人生，滔滔天下名和利，都是呼盧喝雉聲」。仔細想想，人生富貴貧賤的轉移，窮通得失的變化，的確是另一種賭博形式造成的結果，某公的詩可謂慨乎言之。

當然，賭博絕不是一樁好事，因賭博而搞得傾家蕩產，身敗名裂的人，所在多有。而社會上的賭博之風，並未稍戢。就拿我自己來說，我雖然不會有過那種慘敗的經驗，但起碼廢時誤事，總是難免，而我卻從來不說我要「戒賭」。一則我不以爲玩「衛生麻將」叫做「賭」。二則所謂眞正的「豪賭」，在我一生中，而竟有過一次「實偪處此」非常過癮的經歷，那是我永生難忘的一段精采的小插曲。

那是民國三十三年的冬季，正當日軍對我發動長沙、衡陽大會戰之後。過去三次長沙會戰，我軍都是採用向敵人後方退卻，再從敵人背後尾追襲擊的戰略而贏得勝利。而這一次，敵人拼了老命，最少動員了十四個師團以上還不包括海空軍配合的兵力，對我構成強大的縱深攻勢。敵軍指揮當局既想要佔領地面，又想要殲滅我野戰軍，使我軍在敵後的滲透作戰，十分艱苦。

在大會戰之前，我供職於第九戰區長官部。六月初，日軍第十三師團主力攻陷平江，進犯瀏陽，我四十四軍王澤濬部與敵展開血戰，敵更集中第四十六兵團併力分路猛撲，企圖顯然是以長沙爲主要目標。時九戰區長官部已遷往郴州，薛伯陵長官命令第四軍軍長張德能死守長沙，另派長官部參謀長趙子立在嶽麓山設立臨時指揮所，我與少數人員奉派隨指揮所行動。張德能統率的三個師，起先在長沙外圍陣地與敵鏖戰，打得還算不錯，官兵有不少英勇的表現，可惜張德能本身沒有必死的決心，守城不到四十八小時，即棄城突圍後撤，我清楚的記得那天是六月十九日，隨著岳麓山的陣地也被敵人突破，趙子立奉令回郴州歸建。我這時眞是悲憤塡胸，好像國家就此淪亡了一樣的痛苦，當時對趙堅決表示要留在家鄉打游擊。經過一番商酌，趙給了我一張派任爲第九戰區河西自衛總隊隊長的人事命令，當即趕回我的老家，我的老家在河西一個偏僻的山區。

僅僅幾天時間，沅江方面的敵人分兩路向南進攻，一路經喬口沿溈水進攻寧鄉，一路經龍頭港進犯益陽，與國軍七十三軍彭位仁，九十九軍梁漢明的部隊數度展開激烈的爭奪戰。終因敵人攻勢猛烈，益陽和寧鄉先後陷落，湘鄉和湘潭也相繼不守。

寧鄉和益陽是我最熟悉的戚里和讀書釣遊之地，一時都淪入敵人的鐵蹄之下，我的心情沉重與悲憤是可想而知的，於是迅速運用我在家鄉的一點號召力，把河西自衛總隊成立了起來。最初由六十幾個子弟兵開始，一面收編流落四鄉的散兵游勇，一面招致遠近農村的愛國青年和在鄉軍人，兩三個月的時間，竟然集中了兩千多人槍，成爲敵人不敢忽視的一股力量。

在這段期間，我率部多次攻擊敵人在灤灣市、白箸舖等地的據點，還有座落在寧鄉南門橋南端的五里堆倉庫，雖然也給了敵人相當重大的打擊，但是有兩次卻造成了我們自己嚴重的傷亡。後來我們有了經驗，改採跳蚤戰術，專打運動戰和埋伏戰，沒有萬全的把握，絕不攻堅。湖南的老百姓敵愾之心非常強烈，很多紳士和知識份子，大多數甘於毀家殺敵，求與偕亡，因此敵後鄉區到處都有揭竿而起的小部隊，隨時機動偷襲敵人。

為了適應艱難的環境，河西自衛總隊活動的空間越拉越寬，許多小股的自衛武裝，紛紛向我們投效，人槍增加，困難也相對增加，像補給問題、軍紀問題，甚至指揮調遣問題，處處都使人心煩和頭痛。我們決定把實際情形及當前困境呈報到長官部請求支援，恰好這時軍事委員會別働軍總指揮部正積極進行訓練滲透到敵後的機動部隊，我們河西自衛總隊剛好符合他們的要求，便派了一位少將點驗官何際元來隊點驗，把第九戰區河西自衛總隊改編為軍事委員會別働軍濱湖突擊縱隊，同時撥發美式湯姆遜手提機槍一百支，卡柄槍兩百支及美式手榴彈其他彈藥等數百箱，並派訓練員十餘人幫助我們就地訓練。

經改編後，士氣空前未有的高昂，全體官兵和老百姓都對抗戰充滿了勝利的希望。

不久，司令部奉命進駐洞庭湖邊湘陰縣屬的南大墻。（我忘記這個字正確的寫法，詢問在臺灣的湘陰同鄉，有的說沒有土旁，有的說是魚旁，有的說是月旁，反把我搞糊塗了。）

三個支隊共九個大隊，則分駐在草尾、楊林寨、關公塘、白馬寺等幾個重要據點的週邊。有一個多月的時間，根本平靜無戰事，每天只是忙於訓練，作養精蓄銳的準備。

有一天，忽然接到命令，說巨匪雷長生嘯聚徒眾四百餘人，並有部份武裝，在靖港、歐家岔一帶活動，近與僞和平軍劉廸部頗有接觸，希望本部相機剿撫。

命令很簡單，問題並不簡單。其實，雷長生的活動情況，我早有所聞，雷本人我小孩時就極熟識。原來辛亥革命時，我父親隨　中山先生回國，在湖南擔任籌餉局局長，那時雷長生就在我父親的跟前當聽差，一直到民國二十年我父親去世才離開我們家，我們都叫他雷九，以後幾年還來我家探望過，雷九聰明能幹，做事賣力，大家都喜歡他，可惜他認不得幾個字。後來聽說他在永安市開了一家飯舖，生意做得很熱鬧，還聽說他很早就加入過幫會，在洪幫中輩份相當高。大概在長沙淪陷後，他的家毀掉了，那時他大約五十來歲，在萬般無奈中，重新開山收徒，做些沒有本錢的買賣，他立的山頭叫「大漢楚金山」，他自己便是山主。他有個唬人的綽號，人稱雷九王爺。每回「開堂放飄」，一次繩子圍下來，自然有許多好處。他從永安市跑到靖港來，大概是兔子不吃窩邊草的意思。搞幫會的人，離不開橫行霸道，欺壓善良，於是雷長生就這樣成了「巨匪」。

至於他究竟有多大實力，做了些什麼殺人放火的勾當，我也並不十分清楚。經過會商，決定先派人到靖港一帶探聽雷九王爺的底細，了解情況後再作決定。

四五天後，據派去的幾批人回來報告，雷長生的手下共有四百多人，大概有兩百多條槍，包括漢陽造的七九步槍、日本人的三八步槍、國軍用的中正式步槍。手下那些人多半都是長沙人，包括過去在旅館飯店當茶房的、拉黃包車的，划船的所謂「般拐子」，擡「冲天炮」的轎伕、挑籮的挑伕等等，全是下層社會的小人物，清一色都是洪幫分子。他們自稱長沙抗日自衞大隊，分成四個中隊，雷長生本人就自封大隊長。他除了強迫老百姓入幫外，倒也並無其他重大的劣跡惡行。不過入幫的幫費分好幾等，田地多的要七十二石稻穀，或三十六石稻穀；次等的要七石二斗，三石六斗；即算是赤貧，也要七斗二升或三斗六升。繳銀元也是這樣配數。這是幫會不成文的規矩，所謂三十六天罡，七十二地煞，合起來正是梁山好漢一百零八之數。這種硬攤硬派的搞法，難免不引起民怨沸騰。

既然對情況有了初步了解，大家認為用不著勞師動眾去清剿。決定由我具名寫一封信勸他接受本部的正式收編，派一個與雷長生有點瓜葛之親的人送去，立候回音。

兩天後，派去的人回來了。這小子叫秦正連，也是永安市人，他認識好多雷九王爺的手下。他向我作了詳細的報告，先是當雷九王爺一看到信就翹鬍子說：「鐵少爺是我看著他長大的，如今當了司令官，架子眞大，寫封信就要把我收編，哼！」說著把信往桌子一擺，吸了一袋水煙，似乎想了一下又說：「你回去告訴鐵少爺，劉廼應許我當團長，我都不答應，鐵少爺要收編雷九，那倒是行得通，不過要他自己來當面跟我談。」接著招待秦正連吃了一頓飯，又盤問了許多我個人和部隊的情況，最後還賞了秦正連十個袁大頭。當時十個袁大頭是個了不起的特大號紅包，簡直把秦正連嚇了一大跳。

雷九沖口稱呼我「鐵少爺」，那是他多年對我習慣性的稱呼，可見他並沒有忘記我們的舊誼。我還是做小孩的時候，他抱我都不知道抱過多少，其實我也很想念這個人。在那個時候，我根本不曾想像他是個「巨匪」，上峯正命令我去收編他，收編不成還要清剿他。

在開會討論應如何處理這件事的時候，多半都不主張我親自去與他接頭，副司令和參謀長都主張乾脆派兩個大隊將他們包圍繳械了事。大家擔心如果我真的單獨前往，說不定會中他們的詭計，把我挾持起來。

最後我對大家說：「用不著緊張，嚴重的問題，輕鬆的解決。我了解雷九的個性，他吃軟不吃硬，只有我親自去，才能解決問題，我自信有對付雷九的辦法。」大家又主張最少要精選一個中隊以上的人携帶最新的武器跟著去。也被我否決了，我僅選了一個叫歐陽春的參謀，一個叫張振華的大隊附兩個人跟我去，他們兩個都是軍校十八期畢業的，儀表很好，射擊技術和國術都了得。我同時又吩咐軍需處設法儘可能的準備一點現大洋。仍舊派秦正連先期去通知雷長生，說我只帶一個隨從參謀，一個隨從副官，準於第二天下午就到。

副司令黃以寬是我的連襟，脾氣暴躁，性如烈火，我要他千萬不要讓大家知道這回事，三天之內，我一定會回來。一切日常事務，都由他暫時代理，萬一有什麼意外，也要相機作穩妥的處理，不可輕舉妄動。

十一月的天氣，風急雲低，空氣乾冷，我們三個穿著青布短襖，裏面腰帶上各插一支二十發的快慢機，另掛兩個美式手榴彈，各人肩上一個小包袱，把悉索敝賦弄來的八百多塊現大洋，分開裹在三個人的換洗衣服裏。一路上根本看不到幾個行人，我對歐陽春、張振華談一些雷長生的往事，同時告訴他們一些幫會的禁忌，說話和動作都要特別注意。

從南大墻到靖港，需要繞道偷過敵人的封鎖線而行，總算十分順利，第二天下午四點多鐘，我們穿過歐家岔一條小河的木橋，遠遠就看到有兩個穿短打的人蹲在路邊抽旱煙，大概也發現了我們，趕快站起來手搭涼篷朝我們望著，一邊朝我們迎了上來。

「是司令罷？我們九王爺候司令的駕已經眼睛都望穿了，我們是特別先來迎接的。」其中一個對我立正行了個舉手禮，回頭又對另一個大聲說：「快跑回去報告九王爺說司令到了，快集合迎接司令！」

這時，秦正連也打飛腳跑到了我的面前，說已經等了我們好久了。

我們跟著這個領路的來人，走了大約十幾分鐘，遠遠看到有一處密茂的灌木林，間生著百幾十株高大的油刺樹和楓樹，樹葉都枯落了，枝椏上面有好幾個斗大的烏鴉巢。樹叢後面有一塊面積寬廣突出的高阜，看出來那是一座大廟宇，左右前後約有十幾座農家的茅草屋，三五家黑瓦屋。前面田地裏人影黑壓壓地大片在整隊，大概有七八個人指指點點的朝我們迎上來，爲頭的是一個瘦高的身影，穿一件長棉袍，繫了根布腰帶，蓄了一把大鬍子，我看出那就是雷九王爺，我忽然腦子裏靈光一閃，心想我可不能再像過去一樣叫他「雷九」了，叫他一聲「雷叔」罷，顯得親熱些。

正想著，人已到了面前，我趕緊跑過去響亮地喊了一聲「雷叔」，就把他一把抱住，雷九也激動得不得了，連喊：「鐵少爺，鐵少爺，你如今眞的大了，我也老了，你眞是當年老爺脫的殼！」

這一幕見面禮，把跟在雷九旁邊的一些張三李四，一個個都直說「眞難得，眞難得！」

在他們集會歡迎的隊伍面前，雷九王爺口口聲聲稱我「司令官」，一定要我「訓」話。我只好說：「今天我是特別來看望雷九王爺和你們各位的，九王爺從小看著我長大，抱我都不知抱過多少，我喊你們九王爺要喊雷叔，今天要和雷叔先敍舊，以後跟你們各位相處的日子長得很，謝謝大家的歡迎！」簡單幾句話，大家十分高興。

九王爺先把我們讓到廟裏的大殿上休息，這座廟本來是神禹廟，後來左右又都增建了偏殿，左邊供奉的是南嶽大帝，右邊供奉的是許旌陽眞君。此地距離靖港不到二十華里，靖港原有日軍百餘人駐守，一個月前已經撤退，改由僞和平軍駐紮。那是一個畸形繁榮的地區，商旅雲集。九王爺這一夥人經常做些武裝走私的生意，所以與僞和平軍有些半明不暗的往來，做到大家互不侵犯。

我們各敍近況和過去一些陳穀子爛芝麻的舊事，絕不先提要如何收編，彼此十分融洽。歐張兩個人與他們的張三李四也天南地北的聊個沒完。在一頓非常豐盛的晚宴之後，雷九問我：「如今晚上的時間長，鐵少爺要玩點什麼？」我說：「我不知道你們有些什麼好玩的，雷叔喜歡玩什麼就玩什麼好了。」雷九說：「我們玩賭單雙如何。」我脫口便說：「好呀，好久沒有賭過單雙了。」

雷九看我答應了，馬上叫他的手下準備場子。

人多好辦事，很快就在正殿上一列排開五張四方飯桌，從中間用一根麻繩拉直作爲楚河漢界，正中間那張桌子的上下兩方各擺一張太師椅，兩邊各安放幾條長條凳。頭上吊著一列三盞馬燈，九王爺把我讓到上首坐了，歐張兩個分坐在我的兩邊。九王爺自己在下首相陪，硬要推我當「寶官」（即莊家）開寶。我連虛讓都沒有，便把寶盒拿過來，檢驗骰子，一付十足行家的派頭。

賭單雙的規矩，是押一賠一。用三顆骰子放在一隻醬油碟裏，上面蓋上一隻酒杯，由做寶官的用五根手指叩住杯碟，上下搖動數次，然後放下。押寶的人按「內單外雙」的位置下注。

停住後，寶官把杯子揭開，看骰面是單賠單，是雙賠雙。如果骰面出單而單注多，雙注少，寶官吃雙賠單，寶官就是輸，反之則寶官就是贏。另外還有一個寶官可以移注買賣的規矩，如做寶官的判斷這一寶可能是單，他有權把單上的注賣掉，由接手買下的人負責這一寶的吃賠。寶官甚至可以把雙上下的注計數後移到單上合併出賣，如果沒有人接手，寶官還有權把這一寶沖掉，「沖」就是作廢的意思。這種賭單雙的方式，在湖南農村，最爲盛行，是一種極粗豪乾脆的賭博。我是農村出身，對這種賭博熟悉得很。

賭桌一拉開，馬上就有三五十個人圍上來。本來賭博這玩意是不講究「倫常」的，所謂「賭博場上無父子」，一向是「放之四海而皆準」的「不成文法」。

最初三寶，單雙兩面都是試探性的下著小注，平均兩面各有二三十個銀元。慣例頭三寶不開買賣，叫做「平和寶」。從第四寶開始，雙方下注漸多，我的手風相當不錯，沒多久便贏進了五六百元的樣子。

莊上連老本已經有了一千好幾百元，膽子和賭與跟著漸漸向上提升，我就開始大買大賣。過了一個鐘頭又一個鐘頭，看看我又贏進了不少，手面前排列著一厚疊一厚疊的銀元，堆了總有好幾十疊，白花花的在燈光下耀眼生輝，十分壯觀。

九王爺坐在我的對面，很謹慎的選擇時機下注，下的注不大，有時根本就停住手，只是微笑著觀看，有時率性吸他的水煙，眼光掃瞄著檯面。每次當我贏進一把大注時，他便說一句：「呃，要得！」有個老么站在我的後面，專門負責爲我送茶遞煙，這個老么在我每次揭寶的時候，總是幫著喊「單」喊「雙」的叫得最起勁，每次我贏的時候，一定拿個一塊兩塊給他吃紅。他吃的紅眞不少，讓別的老么羨慕得要死。

賭得最熱鬧的時候，前後左右，一層層都圍滿了人。下注的也越來越多越大。清點銀數的時候，根本來不及一塊一塊的數，他們便拿出一支刻著一二三四五六七八九十到一百的標準量銀尺去量著計數。因爲注大，每一次開寶的時候，氣氛都顯得非常緊張。我因爲心裏另有一番打算，再大的注，也不曾影響我血壓的升降。

一般老於賭單雙的賭徒，對於骰面變化出現的或然率，他們相信一套固定的公式，如三顆一點是單，再搖仍舊變單的機會較多，術語叫「三星留一」；三個兩點是雙，再搖變單的機會較多，術語叫「板凳脫腳」；以下如「眉毛上臉」、「人牌缺角」、「梅十爛心」、「

天牌翻身」等等。其實這些公式並不可靠。所謂「陰陽怕懵懂」，賭博完全靠運氣。後來我眼看實在贏得太多了，就故意循我的「心法」反其道而行，我心裏以爲是單的，偏偏改賭雙，希望把贏的吐回去，誰知還是歪打正著，眞是咄咄怪事。直到有一陣，連續出了七次單，這是所謂「老寶」，我手邊的錢連老本都已經輸得差不多了，正準備放手叫停。可是話還沒有喊出來，只見四面八方的人紛紛把大注一面倒的押在雙上，我如果這時收場，面子很難看，再賭下去，賠不出錢來怎麼辦？正在猶疑，歐陽春在我左邊用手扯我的衣服，意思叫我罷手。

我忽然心裏一動，拗脾氣勃然發作起來，當時另作了一個計較，便向歐陽春張振華兩個說道：「你們仔細團一團數看！」

團數團了好半天，「雙」上一共押著一萬八千七百餘元。「單」上竟然連一塊錢都沒有。一兩百人擁在大殿上，大家都屏住氣不做聲，光是眼睛睜得老大看我的動靜。我望了望雷九王爺，他正端著一支水煙袋凝望檯面，沒有表情，也沒有吭氣。

「我笑著對雷九王爺說：「雷叔，我們兩個賭這一寶如何？」雷九王爺右手摸摸鬍子，臉色有些凝重的回答說：「鐵少爺，我看這一寶百分之九十九是雙，你最好不要燙了手！」我笑著說：「我偏要賭這百分之一的勝算，我的意思是雙上全算我的，另外照雙上的數目統統轉注到單上，賣給雷叔，你要不要？」我說完，靜靜觀察全場的反應。只聽得幾十個人同時叫了聲「啊呀」！雷九王爺這時兩道濃眉往上一聳，人也跟著站了起來，打了個好大聲的「哈哈」，眼睛猛盯著寶盒子叫道：「我還從沒有見過這種賭法，這才眞正叫做賭！」雷九王爺說了這兩句話後，並沒有肯定要不要接受這一筆賭注，旁邊的人倒是沸騰了起來，許多聲音在嚷著：「要！九王爺，當然要！」雷九王爺仍然眼睛盯著寶盒子沒有開口。我便又說道：「雷叔，一晚上你都沒有認眞的好好玩一玩，怎麼樣？難道你還不敢要？」我故意激他一下。這個時候，他才把頭擡起來，正眼看著我說：「假如這一寶我不敢要，豈不是白活了五十幾歲？」頓了一下，他微笑著說：「好，鐵少爺，單上算我要了，我贏了不要鐵少爺的錢！」我聽他說完，霍地也站了起來說：「好，既然這樣，假如雷叔輸了，我也不要雷叔賠錢！」說完把寶盒子輕輕移到雷九王爺的面前「雷叔，這一寶請你開！」雷九王爺的手指似乎癢癢的碰了一下覆蓋著醬油碟上的酒杯，但到底還是克制住了，又再把寶盒輕輕移回到我的面前，說道：「當然還是要讓鐵少爺開！」

這眞是最緊張的一刻，我輕穩地用三個指頭捏著酒杯，揭開之後，再用力向身後一甩，哐啷一聲掉在地上跌得粉碎，只見醬油碟裏面平躺著兩顆紅色的四點，一顆紅色的一點，一共九點，是個單。

「哇，是單！」「哇，是單！」不知多少人齊聲叫了起來，雷九王爺把手伸出來和我緊緊的握著：「恭喜鐵少爺，這眞是鐵少爺的福氣，只有鐵少爺才有這種氣魄！」

我趕忙趁這當口站到椅子上，拍了兩下巴掌，讓大家稍爲靜下來之後，對大家說：

「對不起，今天實在玩得太高興，桌面上的錢，全部作爲各位弟兄的犒賞，請你們九王爺代替我分配。」說到這裏，全場響起一片熱烈的掌聲。我又繼續說：

「賭錢就同打仗一樣，靠的是一股氣，只要我們氣足，就可以打垮日本鬼子！」全場又是一片掌聲。

「賭錢可以高興怎麼賭就怎麼賭，打日本鬼子可不能高興怎麼打就怎麼打。打仗要講實力，講究計畫，更需要大家團結！」稍微停了一下，「我這次來，一方面是看望雷叔，最重要的是希望你們自衞大隊變成國軍，團結我們共同打日本鬼子的力量。詳細的步驟，以後的計畫，我還要與你們九王爺好好的一件一件的商量，總而言之，我們是一家人，大家愛國，愛家鄉，我們要爲中國人爭氣，要爲湖南人爭氣！」全場又是一片掌聲。

「我看今天我們大家休息，明天我還要趕回南大墡，有許多重要事要辦。希望不久抗戰勝利，我們都不要再拿槍，那時我和雷叔，和大家再來盡興的賭一回單雙！……好不好」？

全場爆發答「好」的回聲和掌聲，轟隆轟隆的持續了好久，好久。

後來，雷九王爺這夥人很順利的改編爲別働軍濱湖突擊縱隊的一個行動大隊，有過許多英勇和忠義憤發的卓越表現。尤其是大隊長雷長生，這位曾被視爲「巨匪」的雷九王爺，在抗戰勝利前幾個月，於一次夜襲南大墻的戰役中，奮勇進擊，陷入敵人四座重機槍交熾的火網中，與他最親密的部屬三十餘人同時壯烈成仁。

從軍小記

民國二十六年七月七日，盧溝橋的砲火，使日本軍閥武力侵華的野心，圖窮七見。任中國人如何委屈求全，都於事無補。他們早就預先安排強大空軍和機械化部隊，迅速攻擊我軍陣地，在猛烈的炮火中，北平古都和天津市相繼淪陷。七月底，　蔣委員長沉痛的向全國宣布：和平完全絕望，犧牲已到最後關頭，呼籲全國軍民奮起抗戰。

那時我正在湖南一個小縣城辦民眾識字班。抗戰爆發的消息傳來，民心非常激動。所有機關學校社團，立即組織動員委員會，擁護　蔣委員長領導長期抗戰，宣傳遊行使小縣城和十幾個鄉鎮，一時全鼎沸了起來。

「八一三」淞滬戰役，展開了爲時一百天的血戰，首都南京受到嚴重威脅。政府決定遷都重慶，把軍政重心暫時移到武漢，這是全面戰爭的開始。

當時友好邀我合辦了一份刊物，命名「血鐘文藝月刊」，寫稿、拉稿、編校、發行，大家共同負責，發行不到十期，因爲二十七年五月我去了漢口，其他成員或投筆從戎，或另行參與更直接的抗戰工作，這份刊物就不得不停辦了。

我在漢口住了一個禮拜，適值我空軍遠征日本，在九州、長崎、佐世保等地上空散發數百萬份傳單後安然回來。這次「紙彈轟炸」行動，國際輿論譽之爲「人道飛行」，給予國人莫大的鼓舞。

那時全國到處都有軍事學校在招生，我心想國難當頭，只有從軍才是青年報國的最佳途徑。軍校十四期、十五期招生的時候，我都失去了機會。後來，軍事委員會戰幹一團第四總隊（改敍中央軍官學校十六期）招考，我與同校同級的男女同學三十餘人，不約而同的前往報考。錄取後，被編入十四大隊。

四總隊是一個在敵機轟炸中誕生的總隊，八月十五日成立，八月二十日就遭到十七架敵機的瘋狂轟炸，南湖營區的同學，不幸被炸死的就有十餘人，受傷的更多。此後一個多月，敵機時來驚擾，各隊奉命向鄉村疏散，白天作野戰演習，入夜才回到營房。不久，改在漢陽屬的蔡甸集訓，再遷右旗營房接受基本教練。

九月底，屏障武漢的江防要塞田家鎮，被敵人攻破，保衛武漢的外圍會戰開始，總隊部奉令遷往湘西訓練。

遷往湘西訓練的第一集中站是桃源。由長沙、寧鄉、益陽、漢壽、常德等地招考的同學，編隊後也紛紛抵達。編成十三、十四、十五、十六四個大隊。加上女生大隊和軍事獨立大隊，共六個大隊。成分有甫自海外回國的留學生、華僑子弟，以及來自全國各地的知識青年和社會各階層的有志之士。

在桃源整理駐地，開始訓練不到兩星期。那天正是十一月十三日的晚點名時刻，忽然隊伍集合，隊長報告，長沙於先一日誤傳日軍已經逼近城郊，爲實行「焦土政策」，省主席張治中下令先行縱火，現整個長沙陷入一片火海中，同學們聽了莫不悲憤塡胸，長沙的同學更一個個失聲痛哭。

以後敵機連日肆虐，連桃源這個小縣城都遭到轟炸。本總隊遂奉令再向湘西的瀘溪遷移，由桃源到瀘溪，沿途多叢山峻嶺，絕壁懸崖，道路極爲崎嶇難行。湘西夙多匪患，傳言土匪膽大妄爲，部隊經過，慣於「截尾子」。因此我們採戰備行軍，絕對不許有一人「掉隊」。每人裝備，計有中正式步槍一支、刺刀一柄、子彈五十發、圓鍬或十字鎬一柄、背包一個、雨衣一件，外加水壺以及裝盛三斤糙米的乾糧袋，使胸部、背部、肩部，都感到相當沉重的負荷。而大家都是赤足草鞋，在狹窄又多荆棘的山路以及危崖邊沿行進。日曬雨淋，衣服乾了又濕，濕了又乾，根本沒有洗澡和換衣的機會。每個人都長滿一身蝨子和疥瘡，腳後跟起滿水疱，被草鞋磨破，更是刺痛難當。這樣連續行軍十多天之後，總算到達了瀘溪，在西南鄉六十里的浦市，分配了新駐地。

現在回想起來，年輕眞好。那樣的艱苦，那樣的疲累，我們卻一點也不在乎，飢渴的時候，嚼一把生米，掬一捧山泉；夜行軍的時刻，疲累得一面打盹，還能一面往前走。說給現在的年輕朋友聽，他們總以爲過分誇張，那有這種事？我想這就是所謂「抗戰精神」罷，我們一心想的是磨鍊好體魄，學習軍事技能，好在畢業後分發到前線去殺敵，以生命報效國家。

在浦市四個多月，我們借用部分民房作爲寢室，開闢山坡地作爲操場，整理道路、水溝和美化週圍環境，不到一星期，使這個落後的窮鄉，變得生機蓬勃，氣象一新。我們按照預定的教育進度，每天三操兩講，接受極嚴格的密集訓練。

有個日本問題專家龔德柏，是瀘溪人，那時他剛好回鄉，總隊部邀請他作過一次專題演講。這位著名的龔大炮預言日軍最後必將在中國戰場失敗投降，並且說你們這羣少爺兵都能够這樣肯吃苦，就是最後勝利最大的保證，給予我們精神上莫大的激勵。

到次年的四月初，正是農村青黃不接的時候，小地方禁不起幾千人需要就地補給，發生糧荒。於是我們又接到遷駐川東綦江的命令，兩千華里的征途，仍舊是一步一個腳印，歷時五十天才到達。而我，這一次卻並未隨大部隊行動，得到了一回生平得未曾有的難得的經歷。

原來在準備開差的前一天，我一連打了四場籃球，運動過度，引起大腿部淋巴腺發炎腫脹，不能舉步，只好坐擔架到沅陵，再附搭運送輜重的木船西行。沒想到在沅陵住宿民家，主人有個土辦法，用陳年木頭梳子在炭火上烤熱，熨燙患部，隨熨隨消，腫脹立止。這時部隊已向乾城、所里方向走了三天，我回頭追趕部隊，最少要相差六天，不如稍安毋躁，乾脆隨輜重船走算了。

輜重船共有四艘，循酉水逆流而上，灘淺流急，靠人力拉縴，一天僅能行走一二十里。我與另兩位別隊的同學，捨舟登岸，每日步行五六十里，邊走邊等船，沿途經烏宿、尤溪、古丈、王村、保靖、隆頭、里耶等地，一路山光水色，風景十分優美，人民生活淳樸，對我們招待殷勤，使我們幾乎忘記千里外的連天烽火。

川湘邊界，有一條「匯酉橋」，過橋便進入四川，酉水到龍潭而止。輜重船到龍潭後，必須起旱到龔灘，再駁船轉運，需要的時間誰也不能作肯定的估計。

這時傳言本期同學將提前畢業分發工作，如不能及時趕到，將打入下期繼續受訓，聽到這個消息，眞使人急得像熱鍋裏的螞蟻。

由龍潭去綦江，必須翻過五座海拔一千餘尺以上的無名高山，經酉陽先到龔灘，再坐船經彭水、江口、武隆到涪陵，從涪陵乘小火輪溯江而到重慶，重慶有公路通綦江，那就方便了。

我當時遊說其他幾位同學結件同行，都認爲這段路上不平靖，既怕土匪，又怕野獸，誰也不敢冒險，最後我不顧一切，決定一個人也要走。

打聽到當地有位袍哥楊照青，是著名的舵把子，我冒冒失失的找他幫忙，想請他給我一點照應。他十分爽氣的給了我一張用紅紙毛筆書寫的名片，另外還送我五元法幣，他說：「有啥子問題，把我的名片亮出來就行了。」

一連五天，我每天都是吃兩頓看不見太陽的飯，太陽沒有出來，便開始登程，走到山頂，太陽正當頂，下得山時，太陽也下了山。一路常見揹大塊鹽巴的負販，背簍下有根鑲著鐵腳的支架，休息時，用鐵腳插進石頭洞洞裏，靠著憩息，所以一路並不感到孤單。山腳下照例有小河小溪，沿著河溪，一定有幾十戶人家的村落，找他們借宿，都非常和氣，還招待我吃飯，指引我第二天的路程。

記得是第四天，我走到一座山頂時，有一座用石頭堆砌的小型堡壘，橫額上刻著「威勇關」三字。我攀登到關上，四望羣山拱立，渺無人煙，只有一兩隻蒼鷹，偶然在青空中盤旋，眞是「前不見古人，後不見來者」。我有一種心境空明，胸襟開濶的感覺，不禁振聲呼嘯，還唱著一支又一支的軍歌，快意極了。

不料正在忘形的時候，眼前出現了五個服裝不整的人，有三個人還各揹了支老舊的步槍，吆喝著問我是幹啥子的？盤問了許久。我警覺到這大概就是傳說中的「棒老二」（土匪）罷，便亮出在龍潭出發時楊照青給我的名片，向他們「拿言語」。想不到這張名片還眞管用，有個領頭的人馬上變得異常客氣，說了許多我聽不太懂的話。又堅持說，既是楊大哥的貴客，非要招待不可，不然不好交代。把我又推又拉，走到不遠的一處茅屋裏，只見屋前屋後，最少還有二十幾個人，都在張望著我們。那些人看見，這位頭兒都稱呼他爲「連長」，「連長」吩咐快宰隻肥鷄，要招待楊大哥的貴客。讓我著實盛擾了一頓。飯後還請我吸鴉片，我再三辭謝，說要趕路，「連長」又說了許多客氣話，把我送上大路道別。

我始終搞不清這夥人的路道，他們駐紮在日是這個樣子抗的嗎？

第五天傍晚，抵達龔灘，看見街上有許多軍事大隊的同學，問訊之下，知道他們到此已經有一個多星期了，剛徵調好船隻，正準備次日啟航到涪陵。我找到大隊部一位負責船隻調配的副官，要求便載，當時獲得允准，四天後，一帆風順的到了涪陵。

在涪陵起岸後，立即在碼頭上找到民生輪船公司，買了一張到重慶的半價船票，只有十幾個小時便到了抗戰的司令塔——重慶。這時的興奮和激動，就不用提了。找好住處，擱下背包，稍爲整潔一下儀容，以一種朝聖者的心情，在這個多霧的山城，作了一番走馬看花的巡禮。

第二天絕早，到汽車站尋找到綦江去的交通工具，恰好有一輛輜汽兵團的大卡車整裝待發，忙向一位駕駛上士交涉，他見我是受訓的學生，立予答允。汽車在公路上疾馳，我回想一個月來的行程，尤其是由龍潭到龔灘的那一段，正像經由原始社會後重返文明社會一樣，覺得眼前的一切，美妙極了。

車抵綦江，才中午時分。好好吃了一頓之後，獨自跑到江邊，找個僻靜處，清洗滿身塵垢，順便把隨身衣物洗乾淨晾在石頭上。江上清風，吹得人特別舒暢，我躺在林蔭下，不覺沉沉睡去。

醒來，衣物已經乾了，忙著打好背包，到街上找了家縫衣店，把洗乾淨的軍帽換了帽簷，軍服綁腿一一燙過，鈕扣領章，一一整飾好，然後又理了髮，買了一雙麻草鞋和幾包「老刀牌」香煙。這才去打聽隊部所在地，準備回隊報到。

一問，才知道十四大隊駐紮六十里外的浦河鎮，沒有汽車通行，步行要六七個小時才能到達。這時已經午後四點多了。怎麼辦？

下定決心，連晚趕路，起先路上還偶然有幾個行人，太陽西沉後，寂靜的荒村古道，就只有我一個人踽踽獨行。夜色越來越昏暗，高一腳，低一腳，走得好不辛苦。這才遠遠看到有些零星燈火，知道那就是三溪場，我不過才走了二十五里。這時我已經感到饑火中燒，只好找一個小飯舖，胡亂吃一頓，憩息一晚再說。

第二天一早，繼續趕路，沿途看見各隊同學走著，浦河到了，在河邊看見本隊同學，正成羣在河裏游泳，我高聲呼喊，十幾個同學高興地把我高舉著擡過了河。那天正巧是端陽佳節，隊上加菜。我辦完報到手續，與大家圍坐著大塊吃肉的時候，我感到像隻失羣的孤雁終於又回「家」了。

在浦河最後四個月的末期訓練，非常緊張忙迫，三天兩頭的夜間演習和野外戰鬥訓練，以及步槍機槍實彈射擊訓練、沙盤教育等，全部採德國式，要求非常嚴苛。在講堂裏，軍事思想和政治知識課程，也相當密集繁重。上面硬要把規定的課程，因行軍而躭誤的部分，全部授完。幾乎每一分鐘都沒有浪費。

在快要畢業前一個月，中央訓練團忽然派員來本總隊甄選新聞研究班第一期研究員。應考的方式是寫一篇自傳、一篇論文、一篇特寫，另外一百道常識測驗題。這次應考完全是被動，心想同學中具有高學歷的總在千人上以，自忖絕無錄取之理，萬不料我與現在同客臺灣的袁睽九兩個，在錄取的一百五十個名額中，竟然名在其列。這是個異數，除了歸之於運氣，實在別無解釋。

一個星期後，我們奉准提前畢業，趕到重慶沙坪壩報到，接受短期的新聞專業訓練，分發到各戰區去辦掃蕩簡報，從此又是一種生活型態，那是後話。

七七抗戰，今年屆滿五十五周年，而世變滄桑，反覆如棋打刼。北望中原，共產黨人種種倒行逆施，十億同胞始終陷於水深火熱；廻顧島內，有些搞「街頭活動」的中國人卻在高唱「日本海軍進行曲」，恬不知羞。國難，國難，眞不知再有多久才是已時？撫摩著那柄古色斑爛的畢業紀念佩劍，回想五十年前，我們受訓時那段艱難歲月，那種年輕人誓作國殤的豪情，內心實在翻騰著無窮的憂患和傷痛。陸放翁有兩句詩極好：「一身報國有萬死，雙鬢向人無再靑」，寫下這篇短文，算是爲過去的大時代作個小小的見證。

敵前・敵後

一、田園寥落干戈後

民國二十八年的秋天，中央訓練團舉辦的新聞研究班第一期在重慶沙坪壩結業。同學們大部份被編成許多個「掃蕩簡報」班，派駐到全國各戰區的集團軍總司令部去。當時大家滿懷年輕人激越的豪情，沒有人對大後方有一絲一毫的依戀。

我與其他三位同學：吳自強、劉樹杞、文正共四人，被編為掃蕩簡報第二十二班，派駐皖南徽州的第二十三團軍總司令部。我們從重慶乘輪船出發，穿過三峽，直下秭歸、宜昌、抵達宜都。因為下游的枝江、松滋都已陷在敵手，不得不改乘木船，從洞庭湖的港汊中穿過敵人的封鎖線先到湖南。

記得行抵寧鄉縣城的那個晚上，風雨淒其，街燈冷落，看不到幾個人影。偶有一兩條喪家之犬，夾著尾巴惶惶然自街邊溜過。這時已是九月下旬，正值長沙第二次會戰剛剛結束，一種「田園寥落干戈後」的淒涼景色，使人鼻子發酸。寧鄉是我桑梓之地，這種感受自然更其強烈。

我順道返家省親，在鄉下稍事留連，又繼續出發。吳、劉兩人已先行，我與文正兩個繞道衡陽、耒陽，經蓮花入贛，一路或舟行，或步行，等走到鄧家埠，才循浙贛鐵路東段乘火車到金華、蘭谿，再換公路車抵徽州，日期是十月二十八日。

二、第一張鉛印掃蕩簡報

徽州又名歙縣，是皖南一個山城，以出產徽墨徽硯聞名。居民擅於經商，有「徽幫」之號。城郊有許多大宅第，我們就住在西郊潭渡一家榜著「進士第」的大宅院裏。

總司令唐式遵將軍，是四川籍名將，雅好作擘窠大字；曾經在黃山石壁上大書「立馬空東海，登高望太平」一聯，字逾尋丈，篤實而厚重，可謂一如其人。唐氏對我們這批年輕人十分禮遇，看我們憑一部收音機和一部手搖油印機，按天出版一張八開油印報紙，印得精精緻緻，報導也很迅速扼要，一開始便對我們的表現感到欣賞和信任。因此從二十八年十二月起，他自動而且非常慷慨的按月撥予我們法幣三千元，同時指令總部的印刷工廠和一座電臺，支援我們改出四開鉛印日報。

掃蕩簡報改出鉛印後，在原有的編制七個人之外，又增加了十幾個新人，有的是向總部調用，有的是由我們自己招聘。同時總部參謀處、情報單位、各軍師政治部，都是我們的新聞來源。這是張沒有廣告的報紙，所以副刊和各地通訊、特寫佔的份量相當重，因此內容頗爲豐富。最初日印三千份，只供本部及所屬軍師的官兵閱讀。後來各地方政府及其他機構，馴至許多民衆，也紛紛索閱，增加到五千份，有時還嫌不夠。這不但是當時全國第一張四開鉛印的掃蕩簡報，同時也立即成爲皖南地區軍民不可或缺的精神食糧。

三、深入戰地採訪

這一時期，正值第三戰區我軍江南冬季攻勢開始。當時的軍事部署，是以第五十軍、第二十一軍、第八十六軍、第二十五軍、第十八軍等共十四個師爲長江攻擊軍。唐式遵將軍負責指揮右翼兵團，在荻港、銅陵、大通之間邀擊敵人的江上交通，又派出另一支特遣部隊，東入灣沚、蕪湖方面，對敵軍進行牽制性的擾襲。三戰區司令長官顧祝同將軍自己擔任中央兵團的指揮，二十五軍軍長陳萬仞擔任左翼指揮，再有三個師爲戰略預備隊，分別配置在太平和涇縣附近。

我當時跟隨唐式遵將軍深入戰地採訪，好幾次還單獨隨著攻擊連跑到第一線，由於在前方部隊擔任營連指導員和連排長的，很多是我在軍校十六期的同學，所以來去極爲方便。

當我軍發動攻勢不到三十六個小時，敵人便大舉增援，同時又派出一批又一批的空軍整日在上空活動，使我軍行動不免受阻。記得有一次遇上敵機低空掃射，傷亡了十餘人，我和一位姓陳的連指導員走在一起，看見敵機，同時臥倒，相隔僅有兩三尺，他肩上腿上各中一彈，我卻未損毫髮，想來眞是幸運。

攻勢進行到第十天，南陵一帶的新四軍，突然向第五十軍郭勛祺的部隊偷襲，同時有偷襲國軍其他部隊刼取槍械輜重的企圖。這一扯後腿的行動，對國軍整個作戰計畫的影響威脅太大，迫得指揮部不能不緊急變更部署，一方面要固守陣地，分兵防守。一方面要抽調兵力，從虛隙突進，攻擊日敵，所以任務十分艱鉅，直把前線官兵一個個恨得牙根發癢。

這是我第一次擔任戰地採訪，因爲新鮮，所以特別起勁，加上許多有利條件，我除了每日電訊報導戰況外，一共寫了長短十幾篇戰地特寫，全部用緊急公文傳遞的方式送到徽州，儘快見報。其他派到前方的各報記者，辦不到這一點，於是大家只有把我的電稿、通訊稿原文照抄的拍寄回去，不少人還因此得到報社的獎勵。

四、春風春雨桂林行

二十九年那個多雨的春天，正是江南攻勢勝利結束之後，我曾到桂林一行。主要的任務是到桂林中央無線電機製造廠去領取一部超外差式收音收報兩用機，並學習使用方法和收報技術。在桂林會晤了各戰區簡報單位負責人二十餘人，全部都是新聞研究班第一期的同學。把酒縱談，各有佳況，大家莫不欣慰。

「桂林山水甲天下」，何況又是抗戰時期大後方著名的文化城，於是我們臨時組織「各戰區掃蕩簡報觀摩團」，推舉廣東籍的鍾鳳年同學擔任團長，洽由桂林行轅政治部協助安排，讓我們參觀訪問了桂林各新聞文化機構、社團及風景名勝。同時也認識了一大羣「三十年代」的名作家、詩人、畫家、劇作家、藝人等。他們有的是武漢撤退前後，由李任仁和李濟琛分別邀約來的，有些純是爲了逃難，在桂林中途歇脚，將來還要去重慶、昆明、香港或其他地方都並不一定。

「廣西」一向被李宗仁視爲私人禁區，抗戰發生後，他時時不忘記培植自己的勢力，拉攏文藝作家也是重要的一環。他不知他拉的人，也是共產黨要拉的人，而且很多人明明白白就是共產黨。那時集中在桂林的知名作家眞不少。記憶中有田漢、夏衍、艾青、艾蕪、聶紺弩、王魯彥、胡愈之、穆木天、舒羣、馬凡陀、范長江、黃藥眠等人，其中好幾位都是額頭上寫了字號的人物。

那時「救亡日報」已遷到桂林出版，聶紺弩任副刊主編，那裏幾乎成了左派文藝作家活動的大本營。副刊上發表的文章和詩，淸一色是小圈子作品，明眼人一看就知道他們葫蘆裏賣的賣點。

我到桂林的第二個禮拜天，木刻家陳頤模夫婦邀我和詩人雲帆遊七星岩，途中巧遇巴金和一位同行的陳小姐。陳頤模夫婦和巴金很熟，連忙介紹，才知道他們先一天才從昆明到桂林來，巴金那天穿一套法蘭絨淺色西裝，戴一副金絲眼鏡，手裏拿枝司迪克，風度十分瀟灑。陳小姐像小鳥依人似的一直偎著巴金，我不知道她是不是就是後來的蕭姍。

晚上，陳頤模夫婦堅持請大家去紅棉酒家吃飯，席間巴金很能喝兩杯，也很懂得食道，說話總是不快不慢，顯得很有修養，對抗戰前途很有信心。

後來我在一次飯局中，認識了孫陵，那天巴金和陳小姐也在座。孫陵那時年輕，才二十六歲，有位女士盛讚他「不僅是個偉丈夫，也是個美丈夫」。只見他滿面紅光，意興風發，酒喝得多，話也說得多，滿座爲之傾倒。眞沒有想到他晚年在臺灣竟是那樣頽廢以終，令人惋歎。

我在桂林停留了將近一個月，回前方去的時候，除帶了一部收發報機，四百餘册自己買的和朋友送的新書，還有許多朋友直接間接的音訊，以及大後方令人無比振奮的民心士氣，迎著三日兩頭的春風春雨，愉快地「滿載而歸」。

五、十個月不斷的流動

民國三十年，軍委會政治部決定推展到每一個軍派駐一班掃蕩簡報。我們原二十二班，奉令要移駐到第八十八軍。雖經我三次要求仍留駐徽州，但都不蒙允准。

第八十八軍是四川部隊，軍長范紹增原是四川有名的袍哥，綽號「范哈兒」，爲人粗中有細，作風別具一格，常常鬧點笑話，故意「耍寶」。所幸副軍長兼新二十一師師長的羅君彤很不錯，治軍甚嚴，人也還算方正。范羅是金蘭之交，平日范最少有一半的時間在後方逍遙玩樂，一切實權完全交給羅副軍長。八十八軍全體官兵包括伙事兵和傳令兵，看見范軍長都可以叫一聲「范大哥」，范軍長絕不引以爲忤；但只要看見羅副軍長，那就像耗子看見貓一樣，會很自然的不寒而慄起來。

我們派駐該軍後，與范軍長見面的機會不多，見了面也很少談正經話，他眞的一點也不嚴肅，開口葷素雜陳，倒使人覺得很容易親近。記得第一次晉見他，他劈頭就問：「你們又是賣的甚麼膏藥？」跟著問：「有幾個女同志？」實在令人啼笑不得。

該軍軍紀不怎麼好，但頗能打仗。據說范是一員福將，在三戰區只要那條防線吃緊，就準定調八十八軍上去，所以流動性極大。記得三十年八月間，隊伍駐在浙江新登，剛好整訓了一個月，忽然奉命要緊急馳援蘇南的溧陽攻防戰。軍次廣德，范軍長召集全體官兵講話，勞師動眾搞了半天，他上臺只講了如下的幾句：「格老子明後天又要跟敵人開火啦，你們都要跟老子好好的打，那一個龜兒子敢後退，我就……我就入他先人板板！……完了！」他訓完話，隊伍立刻解散，把大家眼淚都笑出來。但這個樣子的訓話，對士氣有極大的振奮作用。果然三天之後，經過一場激戰，八十八軍收復了溧陽城。當他看著滿街貼著「歡迎勞苦功高的范軍長」標語，回顧左右，大笑著說「格老子硬是要得！」

我在該軍工作十個月，幾乎沒有任何一個地方留駐一個月以上，老是整補，作戰；作戰，整補。部隊經常在蘇、浙、皖三角地區兜圈圈。因此，我們的掃蕩簡報眞個成了「報館一肩挑」，總是在緊張、危險、慌亂中維持出版，當然，脫期也就成了「家常便飯」。

六、普照寺「鐵陀」修行

民國三十年年底，我因一個偶然的機會，在西天目山晉見了浙江省政府浙西行署主任賀揚靈先生。年輕人不知天高地厚，喜歡放言高論，沒想到竟然謬荷賀先生賞識，快譚之頃，即蒙邀任行署參議，旋又派兼青年招待所政治主任，於是我決心離開簡報生涯。打了一通辭職電報給當時軍委會政治部部長張治中，不待批迴，即日自動離職。

青年招待所主要辦理陷區及戰地知識青年有關搶救、招致、訓練及輔導升學就業等項工作，每天都相當忙。同時我又擔任青年營「精神講話」及「政治課程」，這時才感覺自己腹笥空虛，因而拚命找書看，並且做筆記。遇著第二天要講課，則於前一天晚上，必先把所蒐集的資料連串起來，並將其最精彩部分編寫約莫可講兩個小時以上的講稿，強迫自己默記於心，以備第二天好現買現賣。所以這一時期，文史哲學和政治思想的書籍讀得較多，生活過得十分嚴肅而充實。

行署所在地爲西天目山的禪源寺，是有名的佛教大叢林，曾遭敵機猛烈轟炸，損失慘重，雖經大力修整，始終難復舊觀。青年招待所駐在中天目山的普照寺，規模較小，但風景幽美，廟貌莊嚴。山中多古松與修篁，每每暮鼓晨鐘，松濤竹韻，夾雜著號角與吶喊聲交相並作。我在此一年，生活一如修行的頭陀，眞個是抖擻精神，一無煩惱。間或也爲東南幾家報紙的副刊寫點小文章，即署名「鐵陀」。

七、保衛家鄉打游擊

三十一年冬，行署初內定我爲昌化縣長，報省後未蒙圈選。是年十一月，我決定請假回湖南省親。時九戰區師友頗多，因張客劍將軍之薦，即在九戰區長官部工作。翌年六月，奉母命在長沙西鄉老屋完婚。這段時間，生活與工作都非常愉快。

三十三年五月，日寇攻陷長沙，我的長子正好於這時出世，因為沒有來得及隨長官部撤退，只好避居鄉間。常德會戰後，濱湖遍布敵踪，湘潭、寧鄉、益陽等縣城也相繼陷敵。日寇且有一個中隊盤踞於我的家鄉白箬舖，我老家雖在偏僻的山鄉，但相距不過十五華里。我憑著手裏一張九戰區參謀長給我一張派為河西自衛總隊總隊長的派令，毅然首舉義旗，號召閭里。僅僅兩個月，集中了人槍兩千餘，與結隊騷擾四鄉的敵軍，多次作近距離戰鬥，有好幾次狠狠挫過他們的銳氣。這支隊伍大半為鄉里子弟，也有部分是潰散的國軍忠勇官兵，在統馭上有時難免發生困難，因亟派人間關向長官部報備並請求補給，結果奉准編為第九戰區河西自衛總隊，派我任總隊長。到三十四年一月，又奉特別指示，改編為軍委會軍濱湖突擊縱隊，派我擔任司令。並獲得湯姆遜、卡柄、馬牌白朗寧、左輪及手榴彈等最新式的輕武器裝備。這時官兵已有三千餘人，經常出入敵後，襲擊敵寇的大小據點，或截擊他們的出擊部隊，每次都有斬獲。日軍身上有三個子彈盒，照例後面那個子彈盒裏裝的不是子彈，而是香煙，軍官多半是「旭光牌」，士兵是一種品質較劣的牌子，日文看起來有幾分像中文草寫的「可力」二字。我們就叫它「可力」牌。每次擊斃日軍後，弟兄們跑過去，首先最重要的一件事是先搜尋香煙，作爲報功的證物。說來也是戰場上的趣事之一。

家鄉淪陷後，老百姓的生活非常痛苦，除日軍經常下鄉「打鬧」外，還有僞和平軍擅作威福，在湘北及濱湖一帶活動的僞軍，就有所謂「金、吳、劉、畢」四大金剛，形同土匪，惡名昭彰。更有幫會不肖份子，乘機「開山堂」、「圍繩子」，強迫人入幫，索取保護費。百姓善良，大都敢怒而不敢言。我當時少年氣盛，忿不可忍，多次分別予以有計畫的痛剿，使他們根本無法在防區內立足。一時宵小遠遁，地方乃得安寧。

三十四年九月，日寇無條件投降，隊伍於十月奉令改編爲國軍第九十九師補充團。我因抗日戰爭既已勝利結束，無意再任隊職，於是自請轉任，仍舊回到軍中新聞崗位，奉派到軍事新聞通訊社，先是任蘇北戰地特派員，旋改調張家口分社主任。

八、歷史的證言

七七抗戰，今年屆滿五十周年。世變滄桑，反覆如棋打刼。當年烽烟萬里，中國軍民以血肉抵抗凶殘暴虐的日本軍，經歷多少驚天動地的大戰役，發生多少令鬼神都要哭泣的故事。以文學的觀點看，這眞是一個古所未有的大時代。然而五十年過去了，完整紀錄這個偉大時代的文學作品，卻顯得十分稀落零亂。而當年的大敵，現在儼然又以東亞強者自居，公然利用教科書來竄改歷史。竊據大陸的中共，也公然竊奪全國軍民在國民黨領導下以血肉換來的勝利果實。最近臺澎基地上少數搞「街頭秀」的野心政客，也公然在聚眾遊行時，仍舊播放那支刺耳的「日本海軍進行曲」的錄音帶，恬然不知羞恥爲何物。我們萬千飽經憂患，歷刼不死的過來人，雖然已經成爲伏櫪的老驥，但面對當前種種現實，再映照並非太遠的歷史，實在痛心疾首，有千萬個不甘心。

今年《文訊月刊》爲紀念「七七」，舉行抗戰文學研討會，欣見有許多資深作家和青年優秀作家以及研究中國現代文學的國際學者如美國葛浩文，韓國許世旭等共同參與，發表各類有關抗戰文學的研究報告，將有十餘篇之多。可見抗戰文學已經普遍獲得今日文壇的重視，實在是一樁非常可喜的事。

我十分熱望這次研討會能夠激發作家們的創作慾，因爲偉大的文學創作，就是歷史的證言。在這篇拙文的最後，我願重述一段我在五年前另一篇文章中寫過的一段話：

人，必然要老化以至死亡，惟有偉大的文學將永遠活著，我們必須寄望於現存的有資格的老作家們，擱置一切不必要的俗務，澄清一下裝滿太多世故、滄桑和憂患的腦海，廣泛蒐集整理目前尚未遺忘、褪色、消失的材料，有計畫的致全力於此一名山事業的偉大文學創作。

坎坷路

少年時代有好些年住過農村，所以也居然「多能鄙事」。古歌謠說：「日出而作，日入而息；鑿井而飲，耕田而食。帝力於我何有哉？」那個年代所接觸的農村生活環境，雖然並不像歌謠中那個樣子的單純而又單純，但鄉下人基本的意識型態，倒是與古歌謠中所說相去不算太遠。

後來入學堂讀書，循序漸進，從中外歷史中才發現人類問題是個大問題，尤其是整個世界人類問題，簡直是盤根糾結，太錯綜複雜了。中國幾千年來，儒家思想、法家思想、墨家思想、老莊思想，似乎都是在謀求解決人類問題，但都未見其有顯著功效。即以世界宗教而論，佛陀悲天憫人；基督博愛救世；伊斯蘭教救主穆罕默德，他一手持《可蘭經》，一手高舉利劍；也都無非是想要解決人類問題。可惜誰也拿不出徹底解決的好辦法，雖然歷史上也出現過一些所謂「盛世」，但舉世仍然不斷有著各種紛擾，而大小戰爭，未嘗一日或停，至堪浩歎！

記得當年上國文課讀〈桃花源記〉，同學們對文中描述的情景，不勝嚮往。老師因而大談英國亨利第八時代的一位宰相作家摩亞所寫的一部寓言小說《烏托邦》，說 Utopia 是一個假想的國名，意思是根本沒有這麼個所在。與〈桃花源〉的作者陶淵明一樣，不過是發抒對時代的煩悶而已。

民國二十四、五年間，我偶然接觸過一些「無政府主義」及「共產主義」的言論，儘管內容說得比唱的還好聽，但這輩人都特別強調，為了達到目的，即算使用最激烈的暴力手段去破壞一切，也在所不惜。這一點，不免令人產生汗毛站班的感覺，讓人懷疑這類思想有些邪門，實在無法心悅誠服的接受。這中間另有幾個原因，使我對這類思想深感厭惡。其一是民國十六年，共產黨在湖南搞「農民協會」，以及十九年彭德懷攻進長沙，親見他們那種殺人放火、滅絕人性的搞法，那時我還是小孩子，但是對那種血淋淋的恐怖慘象，卻是永世難忘。其二是共產黨徒喊出「工人無祖國」的口號，同時一切奉蘇聯第三國際的指揮行事，我認為這對中華民族的自尊心和國格是一絕大傷害和侮辱。其三是我的堂兄七哥對我有很大的啟發，他說所謂「無產階級的天堂」，就像一根吊在驢子前面的紅蘿蔔，騙得驢子跑死了也吃不到。證諸中共近四十年在大陸的作為，此言可信其不誣。

我原本在課堂上讀過一點點國父思想，那只是課業，苦不甚深。我喜歡文學，新的舊的都喜歡。自二十五年「西安事變」發生，到 蔣委員長脫險，那半個月舉國惶惶不可終日的衝激，使我覺得搞文學也不能毫不關心政治，從那個時候開始，我才認眞注意時事變化和閱讀中山先生的學說。那時國內外許多著名的大學者，都稱頌三民主義是全世界最優良的主義，應該併合「建國方略」、「建國大綱」統稱爲「孫文主義」。

中山先生領導國民革命，在建國大綱中，昭示國民必須重視建設的程序，簡言之，即「軍政時期」、「訓政時期」和「憲政時期」。先求全國統一，繼而培養民權認知，進而全面建設。國民革命的旅程有太多險阻，在民國二十年以前，政府幾無日不與反動份子及封建軍閥作殊死鬥，直到民國二十年六月， 總理奉安後兩年，國民政府便決心公佈約法，積極推行訓政，開始一步步實施三民主義建設的藍圖。華路藍縷中顯現了興旺的新氣象。

訓政是憲政時期的前夕，實施憲政基礎的確立，端視訓政工作健全與否？偏偏在全國振奮精神、快速邁進的時候，內憂有共產黨搞「中國蘇維埃」；漢奸殷汝耕搞「冀東自治委員會」；而日本軍閥開始積極侵華，在東北卵翼溥儀，成立「僞滿州國」；而「七七蘆溝橋事變」，日軍故意挑釁，引發我國重大犧牲的「八年抗戰」，其間險巇坎坷，眞可謂不一而足。

等到抗戰終獲勝利，中國成爲四強之一，不平等條約廢除，獨立自由已經得到，「民族主義」已獲得應有的收成。我們已能夠在聯合國與主要各國分擔世界和平的責任。可是這時國內的和平卻遭遇危機，領袖　蔣主席爲阻止這可以預見的悲劇發生，再三堅邀毛澤東到重慶商談促進團結的步驟，希望彼此相忍爲國，堅決避免內戰，徹底實行三民主義建國的基本方針，確認國民黨所倡導的政治民主化、軍隊國家化及黨派平等合法爲達到和平建國必由的途徑。　蔣主席並督促組織政治協商會議，來解決有關國民大會的問題。照道理說，如果遵循國父遺教所示，這時實施憲政，我國政治前途應該是一片光明。然而不然，中共卻乘機起來搞割據、搞分裂、扒路圍城、破壞交通、偷襲國軍，而國民黨總是一味習慣性的忍讓，寧冒打不還手，希望以談判解決問題。

我個人在勝利後從部隊解甲歸鄉，回過頭來從事新聞工作，從南到北，接觸面有相當的廣度和深度，故對當時局勢，不敢稍抱樂觀。因爲大家都應該看得很清楚，共產黨不是任何民主國家的所謂反對黨，他們有獨立體制和不斷擴充的軍隊，有盤據並不斷推廣的所謂「解放區」，一切活動都超出任何民主國家所謂反對黨的範圍。談判只有助長他叛亂的氣燄。儘管政府始終希望取得中共的合作，奠定和平統一的基礎，召開國民大會，頒佈民主憲法，認定一切紛爭都可在國會議場上獲得人民的公斷，永不訴諸武力。但國民黨委屈求全的苦心最後還是白費了。

記得三十五年十一月十五日國民大會開幕之日，我正由南京去到北平，先後輾轉於華北、東北、察綏各地。在同年十二月二十五日，國民大會完成中華民國憲法三讀程序，議決憲法實施準備工作，並決定這部永久憲法，在三十六年的十二月二十五日實施。這原是一樁非常值得國人興奮的大事，然而當時北方許多政界、學界、新聞界的知名人士，大都看出中共毫無參予誠意而深引爲憂，我個人也是持這同一看法。

民國三十七年四月十九日，國民大會完成首任總統大選，執政黨蔣總裁膺全國重望所寄，自然順利當選。不過其間還有兩件重要的事，其一是三位副總統候選人李宗仁、孫科和程潛，各懷勢在必得之心，競爭異常激烈，他們都是黨國要人，偏偏對這種得失看不破，鬧出好些親痛仇快的意氣之爭，眞令人搖首三太息，覺得這絕非黨國之幸。其二是大選前一日，大會通過在憲法中增加「動員戡亂時期臨時條款」，這顯示與會代表「憂必在於天下」之心，知道像中共這樣大規模的反動集團一日存在，便一日威脅到民主自由，更阻礙憲政的順利實施，因此特別付託總統更大的責任，務必從速戡平這一威脅民主自由的暴亂勢力。明知兵凶戰危而又實偪處此，國人之焦憂痛苦，眞是不言可喩。

果然，中共利用種種陰狡詭詐的宣傳，欺騙世人，讓若干眼光短視的政客、天眞幼稚的知識份子，以被冠以「民主人士」、「社會賢達」、「開明份子」為榮，甘心做共產黨的尾巴，跟著盲從附和。每次共軍攻城掠地，必驅使手無寸鐵的農民羣眾、老弱婦孺，作為「人海戰術」的炮灰。加上國民黨內部被共諜多方滲透，許多意志不堅的同志，犯下許多無可彌補的錯誤。許多吃飽飯的人，也跟著高喊「反饑餓」；明明是共軍攻擊國軍，他們卻自己高喊「反內戰」。這個樣子的仗能打嗎？刼數如斯，友邦更在這節骨眼上，落井下石，發表白皮書。三十八年一月二十一日，蔣總統被迫引退，毛共乃以李宗仁代總統為和談對手，李宗仁臨事應變，百無一能，他迫不及待的到府視事後，馬上發表聲明，接受毛澤東的八條件作為和談基礎。此後一年之間，中共運用「談談打打」的策略，誘降迫降的詭計，於是政府區出現一連串的「局部和平」，和一連串的敗戰撤守。政府經多次播遷，結果李宗仁稱病避到美國去作寓公，眼看錦繡河山，就這樣沉淪陷落。忽忽四十年過去，多少人受騙、受辱、受罪之後，悔恨無窮，卻是「再回頭已是百年身」了。

天幸先總統 蔣公洞燭機先，預為布置，才能建立臺澎金馬為復興基地。三十九年三月一日，蔣公應全國軍民殷切的期盼，及各級民意代表的要求，復行視事，重新領導政府，統帥三軍，堅持作戰。因為退一步即無死所，我們已沒有選擇的餘地，這才眞是中華民國存亡絕續的關頭。所以我們可以說沒有 蔣公，就沒有這四十年光輝燦爛的歲月。

民主憲政繼續在臺灣實施，而且更加積極，在橫逆中絕不退縮，終於奇蹟似的，臺灣不僅已經建設成爲一個國際矚目的繁榮地區，更進而將以此模式致力統一中國的大業。尤其是經國先生繼志述事的這十數年之間，成就更是有目共睹，民主憲政的光輝，輻射到海峽彼岸，使共產黨酋無時不打從心底發寒發熱。

我曾多次到過金門和馬祖，我常感覺那就是現代的「桃花源」。這些年我也曾多次旅遊環球許多國度，比較之下，雖然會覺得國內仍有許多地方未能盡如人意，但基本上比哪個國家與地方的前景都更具潛力與充滿希望。

七十七年一月經國先生逝世，國人悲痛之餘，眼見社會上層出不窮的脫序現象，難免有許多杞憂。但他的去世，已爲中國開闢了民主傳承的新局，樹立了千秋萬世的規模。我們希望這些脫序的現象，只是暫時的陣痛，尤其希望打綠旗子的民進黨，不要師法打紅旗子的共產黨，爲了國家的興亡，爲了十億同胞的福祉，不要再辦「家家酒」了，取下你們的政治近視眼鏡，了解搞「臺獨」對國家、對人民、對自己都沒有甚麼好處！

我們應該珍視四十年來推行民主憲政的成就，我們深信現任執政黨領袖的李登輝總統，會領導國人繼續爲民主憲政開拓更康莊的路。自從行憲到如今，很多成果值得我們驕傲，但我們並不驕傲，我們已經爲行憲走過不少的坎坷路，以後還有更遠更險巇的路要走！

高陽枉自負高名

六月六日晚上七點多鐘，我從臺中回臺北，剛到家，一進門內人就告訴我，說高陽下午三點半走了，有幾位朋友打過電話來。

我並沒有感到驚詫，因爲早在一個月以前，我就料到他已經面臨倒數計時，神仙也無法挽救了。

那天晚上，我實在很困倦，卻偏又睡不著。高陽之死，使我想起許多往日交遊的舊事，不去想都不行，只好獨自在書房的燈下枯坐。

我認識高陽很早，只知他叫許晏駢，並沒有什麼交往。正式開始有過從，是他寫了《李娃傳》好些年以後的事。

二十多年前，歷史小說紅極一時，佔去報紙副刊很多重要篇幅，風頭之健，足與武俠小說抗衡。有人不滿，寫文章指歷史小說根本不能算文學創作，最「毒」的一句批評，是直指歷史小說作者「專門替古時候的女人脫褲子」。

我也看過當時一些各家的歷史小說，我以爲現代小說是創作，歷史小說何嘗不是創作？區別只在取材不同而已。論當代幾位知名歷史小說作品的文采、形式、結構、技巧以及益智性與可讀性，並不低於現代文學創作的水平。偏只你的瓜甜，別人的瓜苦，天下似乎沒有這種道理。

事實上，寫歷史小說並不自那幾年的臺灣開始，早在二十年代的中國文壇，現代派主將施蟄存就出版過《將軍的頭》和《李師師》兩部歷史小說集。熟知文壇史事的人士應該不會忘記，因爲施蟄存是個佛洛伊德心理分析的崇拜者，他在作品中肆無忌憚的推銷性解放，但毫不影響他在新文學陣容中的地位。其他寫歷史小說的新文學作家還很多，舉此足概其餘。

至於把歷史故事改編成舞臺劇的，更是多至不可勝數。如歐陽予倩的《潘金蓮》。郭沫若的《三個叛逆的女性——卓文君、聶嫈、王昭君》以及後來的《屈原》、《虎符》、《南冠草》、《孔雀膽》等。熊佛西和夏衍兩個，先後各編了一部多幕劇《賽金花》，思想意識的角度與人物造型完全不同。其他就不必一一列舉。他們的作品，從沒有被排斥到新文學創作之外。

在一次文友聚餐會上，恰好就有人提出這個問題。我因爲心裏早有些不平，忍不住說了幾句公道話。我說假定歷史小說只是老老實實把古事用文言換成白話，照本宣科的覆述一遍，當然不是創作。如果根據史實，羼入主觀的意識，作不太離譜的更改，加上合乎邏輯的變化，加重或避開原有的主題，挖掘出隱藏的人性美醜的眞實面貌，另行賦予作品的新生命，爲甚麼不能算是創作？我認爲不僅是創作，而且一如「原始糖」加工再製使成爲「精緻糖」，足以成爲提高一個層次的「再創作」。

爲這問題，與一位好友爭得面紅耳赤。我原想寫篇文章表達個人的看法，後來一想我又不寫歷史小說，何必管閒事惹閒氣，說過也就算了。

大概這回事輾轉傳到高陽的耳朶裏，他寫了封很客氣的信給我，同時附寄了他新出版的三本書。我回了信，也把我兩本舊作寄答。這就是我與高陽締交之始。

不久，我應聘到《中央日報》編副刊，高陽時在《中華日報》主筆室多年，常有見面的機會。我與他有幾位共同的好友，每遇讌集，他那口杭州鄉音與我的長沙土話，常鬧些牛頭不對馬嘴的笑話，成爲朋友們事後的趣談。

有個時期，高陽忽然對李義山的詩產生了濃厚的興趣，常找周棄子談義山詩。我揣想是有年棄子先後集玉谿句，成無題七律十首。我知道他的寄託所在，因爲是眞情實感，自是十分悱惻動人。很可能高陽與棄子同屬龍性難馴的人物，小節出入，大隱佯狂，正觸動了他胸中的塊壘，於是兩人引爲同調，極爲投契。

高陽本來頗具詩人氣質，偶然也喜歡寫寫舊詩詞，他與棄子的交情介於師友之間，我看過他們的贈答之作。高陽生日是三月十五日，棄子兩次贈詩，都借用義山「白日當窗三月半」一句。但棄子多次勸高陽不要想做詩人，他說高陽如果做詩人，總有一天會餓死。高陽聽了大笑。

高陽後來連續寫了兩篇尋解義山詩的文章，一篇是〈釋錦瑟〉，一篇是〈釋藥轉〉，俱極精思，並饒徵引，文章在聯副發表後，很引起海內外文學人士注意。邵德潤也在差不多同時發表過一篇談〈錦瑟〉的長文，可說都是並時的力作。記不太清楚是不是錢鍾書也有篇〈談錦瑟〉詩的文章，被高陽斥爲「錯得離譜」。

有次高陽到報社找我，原來他新有集義山句七絕三首，要我替他斟酌一下。高陽極聰明，這三首集句詩是他第一次嘗試，卻儼然有「會家子」規模。我們喝酒聊天，聊了兩個多鐘頭。

高陽爲什麼要寫這三首詩？爲甚麼要集李義山的句子？主要是想發抒他感情上的遭遇和現實生活上的困擾。那天他似乎情緒很複雜，邊喝邊談，洩露了好些他心底裏的秘密。三首詩已經不能省記，倒是第二首末兩句，卻印象甚深，句云：「良工巧費眞爲累，綉被焚香獨自眠」。「良工」一句是我建議他更換過來的。

朋友們都知道，高陽是個治生無方，養生無道的人。以他著作之豐，稿費和版稅的收入，數字應不在少。但他揮金如土，從不稍加節制。抽菸、喝酒、熬夜，每每隨興之所至而爲之。遂致經常債臺高築，體氣虛羸。儘管相識滿天下，能在窘極時施以援手的並不多。過去王新衡是少數能濡潤的朋友之一。而眞正愛才重誼，千金不吝的靠山，只有一個王惕老。高陽與棄子同型同病，從這一點看，高陽似乎比棄子幸運得多。

去年秋，洪兆鉞的一位朋友朱君，回杭州探親，帶回一册手書家譜，朱氏先人在滿清末季曾任司道大員，與許府爲通家戚好，但並不認識高陽。託兆鉞央我約高陽吃飯，高陽一口答應，我又另約了《歷史月刊》社長劉潔夫婦。朱君那册家譜是楷書工寫，約有兩萬餘字，文辭典雅，內容涉及史事甚多。那天高陽酒菜用得很少，專心在翻閱譜文。他迅速地一氣看完，立即分析文中關係人若干故實。朱君大爲驚訝，細談之下，朱與高陽竟然是不算太遠的表兄弟。那天高陽形容有幾分憔悴，但興致不錯，一直到終席，滔滔不絕說了許多話。

近幾個月來，與高陽見面甚稀。他出入醫院，我也僅探望過他一次。那天參加他的治喪會回來，想起他生前遭際，頗多感嘆，因集義山句爲輓聯二首，附寫於後：

一

輕命倚危欄，
何處哀箏隨急管。
縈歌憐畫扇，
豈知孤鳳憶離鸞。

二

聊且續新題，
朱槿花嬌晚相伴。
豈能拋斷夢，
寒灰劫盡問方知。

以上兩聯，僅寫出高陽感性生活一個小片斷，未足概其生平。明天就是他飾終開弔的日期，高陽的影子和談笑的聲音，總彷彿不時在眼前耳畔晃漾。我又先後再寫了兩聯，藉以表達失去這位好友的哀思。聯如下：

一

枉自負高名，煮字療饑，

遮掩債臺書設障。

淒然展遺卷，燃犀燭怪，

摩娑老眼淚沾襟。

二

伐愁獨借酒為兵。玩世不逢，雄談驚座；養生失道，債疢纏身。將伯向誰呼？當代孟嘗

王惕老。

揮斥但憑文作膽。蒐奇飾采，史事翻新；理亂窮疑，西崑索隱。知音渺何處？九泉詩友

未埋庵。

去腐生新話文協

「不識廬山眞面目，只緣身在此山中」。這兩句名詩雖然意境情致都極其高妙，但引喩到某些現實事例時，在邏輯上卻大有誤差，往往就是因爲身不在山中，才不識得廬山的眞面目。

觀察事象有不同的角度，論斷問題有不同的立場。試舉另外三位詩人的寫景詩：一位說「黃梅時節家家雨」。一位說「梅子黃時日日晴」。一位說「落梅時節半陰晴」。究竟誰對誰不對？也許都對，也許都不對，實難加以評斷與認定。

未進入正題前，先說這兩段似乎無關痛癢的話，是因爲八十一年十月二十三日〈中副〉報導「文協理事長辭職風波始末」，包括文協內外十四位受訪名家的聲音。二十八日又發表文協理事之一（中國作家藝術家聯盟會長）尹雪曼先生一篇「文協風波平議」，有根有葉，言之綦詳，客觀和主觀的成分都有。另文協「組織組」也去函對受訪者所說有出入處作了些辨正。編者還選出一幀張道藩先生的檔案照片刊出來。相信海內外關心文協的各界人士，讀後一定同感「陰晴」莫決。

郭嗣汾先生辭文協理事長職，或多或少有些不爲外人所盡知的內情，而他個人的健康才是重要的因素。嗣汾兄是個很希望爲文協奉獻心力做出點事業來的人，過去一年四個月中，他也確實做出了不少成績，若非他高血壓超出了警戒線甚多，醫囑必須注意休養，他是不會堅決求去的。所以即使是風波，也僅止於「茶壺裏的風波」，至於比之爲「大地震」，這可能是雪曼兄過度緊張下的感受。

區區忝爲文藝界小卒之一，身經憂患，目睹滄桑，一直把「中國文藝協會」看成一座精神上的廬山，登高自卑，由外而內，窮一丘一壑之勝，察一草一木之微，自謂是一個十分癡情的旅遊者，因此感慨滋多，有不能已於言者。

文協創立迄今，已過了四十二個年頭，其間經歷的艱苦辛酸，豈一言可盡？在時間的長河中，有多少作家和藝術家們，奮勇接受各種迎面而來的橫逆？當國家最動盪險惡的時刻，當社會價值觀最混淆的時刻，文協三千會員是一支以筆爲槍的國防軍，也是一支維護風氣的義務警衛隊。奉獻過心血和汗水，創造過光榮的業績，史痕斑斑具在，我們又怎麼能妄自菲薄？

任何一個社團，日子久了，隨著時空和人事遞變，難免有從高潮轉入低潮的時候。文協是個全國性綜合性文藝社團，積年以來，由同文間意見牴觸造成的是非恩怨，由工作表現不如理想所引起的詬病，由心餘力絀形成的「掛牌子主義」等等，新帳加上老帳，永遠糾葛不清。如果要徹底算個明白，恐怕治絲益棼，肯定搞個稀巴糟而後止。一想到新近有多位文友相繼於一夕之間作古，又何忍再去老談大家心裏有數的陳年舊事？

當然，前事不忘，後事之師。文協該虛心檢討改進的地方很多，〈中副〉企劃製作上述兩天的報導，深信是對文協愛之深而責之切，完全屬於益友的諍言。誠如編者按語所說：「文藝界需要一個家，一個健全發展的家」。文協眞應該感謝〈中副〉戳破了這個局部蓄膿的病竈，而並沒有傷及完好健康的整體。我們深信「壞的說不好，好的說不壞」。膿疱破了，最重要的是如何去作「去腐生新」的治療。

我虔敬的凝視報上道藩先生那幀照片，思潮起伏。這位文協創辦人，大家尊敬懷念的文壇鬥士，去世即將屆滿二十五周年。他一生奉獻於社會、教育、政治和文藝工作，而以文藝運動訂爲終身職志，無論在哪個崗位上都不忘爲文藝服務，任勞任怨，渾然忘我，乃至無我。像他這樣充滿無窮鬥志的精神，眞是使人感到「高山仰止，景行行止，雖不能至，心嚮往之」。

文協經草創到遷入羅斯福大廈的過程，爲衆所週知。但道藩先生及當屆常務理監事諸先生，爲了設法籌款，到處求神拜佛，碰得滿頭疱方抵於成的歷史，則可能很多人已經淡忘。按當初兩棟房屋，九B文協使用，九A中興圖書館使用，後因紀念道藩先生，才改以其名冠之於圖書館。再改爲道藩文藝中心，並登記爲社團法人，成立董事會，舉陳立夫先生爲董事長，陳紀瀅、吳延環、趙友培、王藍諸先生爲董事。兩單位實同爲道藩先生一手所創建，無異孿生兄弟，近三十年來，相處從無間言。此次房屋整修，確實有過一些爭議，但決非外界甚囂塵上所傳說的所謂「產權糾紛」。

某次理事會議席上，我發言引述道藩先生生前一個小故事：道藩先生當選立法院長那天，他的三位好友聯合在口頭送了三句嵌入他姓名的詞句，當面道賀。依次是——開「張」誌慶，大「道」之行，破除「藩」籬。道藩先生說第一句是官樣文章，第二句帽子太大，只有第三句說到他心坎裏，他的意願就是希望要破除絕不必要的藩籬，所以表示誠懇的接受。

這段軼事很感人，相信大家一定希望文協和道藩文藝中心能够因爲文建會的鼎力支助，先把心裏的藩籬破除。不僅要破除九A九B的藩籬，最好破除所有「山頭主義」和「門戶主義」的藩籬，使未來的「中國文藝協會」具有更大的包容性，讓更多的文學家和藝術家，尤其是新生繼起熱愛文藝的青年朋友們來共同參與，爲中國當代文藝創作與文藝活動拓展一條新的大路，重新發揚張道藩時代的光輝，甚至創造更光耀的前景。

後來這一爭議，經過理事會的充分討論，開誠協調，終於取得合理的協議。並成立專案小組，妥善草擬包含「道藩廳」在內的「藝文中心」管理辦法。一俟擬妥通過，今後一切照章行事，完全透明化。我們不相信還會有什麼問題，如果有，就只有文協自己爭不爭氣的問題。

文協是個由會員組成的社團，根本沒有固定的經常費和事業費。所有活動，多半仰賴文化單位的補助。記不起是哪位前輩先賢說過一席很深刻的話，大意是：極權國家搞文藝工作是秦始皇式，捨得投資，賠本也幹，但文藝界人士得隨時準備挨整，甚至殺頭。民主國家搞文藝，是孟嘗君式，手面闊綽，銀子大把大把的花，故傑出人士也特多。我們中華民國搞文藝運動，卻是一派墨子作風，要作家和藝術家摩頂放踵去以利天下。所以當年有人發牢騷，說文化人「擠的是奶，喫的是草」。更有人寫詩以吐積鬱，大歎「殺人無力求人懶，千古傷心文化人」。這些是三十至四十年代之間的景象。現在環境改變，文化資源充裕，文藝界已不復再有那麼多苦水了。

文藝創作和文藝工作同屬精神事業，要靠自己注入心血和汗水。但也極需要政府有一個完美的文藝政策去主導、鼓勵和支援。要動員文藝界，就得先幫助文藝界，彼此以心換心。

政府遷臺之初，文藝界體諒國家的財政困窘，從未有過不當的要求和責難。足見文藝界都有一身傲骨，他們最需要的是尊嚴，不管有錢沒錢，同樣硬撐著在幹。

事實上，一篇好的小說，往往勝過十萬雄獅；一首好的歌曲，可以振奮千千萬萬的人心；一幅精美的畫作，足可提昇人類心靈的層次；一部精心設計的戲劇，每每能引發觀眾血淚交湧。其他各型各式屬於文藝範疇內的創作，莫不各有其一定的精神價值。凡此種種所匯集的精神力量，對國家整體建設的貢獻，應不在小。

四十多年來，政府倒也並非僅僅重視物質建設的成就，而全然忽視文藝在精神創造層面的影響力。我們看到中華文獎會領先帶動於前，中山文藝獎、國家文藝獎、國軍文藝金像獎、金鐘獎、金鼎獎等踵繼於後，使文學與藝術的靈根，在過去那些年代中有了一定程度的發榮滋長，其成就是眾所肯定的。

然而文藝的園圃廣袤，「施肥」的劑量仍嫌未能達到應有的比例。所幸近十餘年來，國家經濟成長快速，社會繁榮達到了一個新高點，民間有遠見卓識的大企業家們，紛紛成立各種類型的「文化基金會」，形成一股發揚文化的興旺動力。風氣所至，先後又有嘉新文獎會、吳三連文獎會、明道文獎會、梁實秋文獎會等的設立。而《中央日報》、《聯合報》、《中國時報》、《中華日報》、《新生報》、《青年日報》、《臺灣日報》等副刊，也每年舉辦徵文獎，促使優質文藝創作不斷增產，不僅培植了許多年輕新作家和藝術家，也使他們得到應有的尊榮和實質上的濡潤，彌足令人欣慰。

自民國七十年，行政院成立文化建設委員會以後，編列了相當可觀的預算，主管全國文化工作。配合國建計畫，預算逐年都有增加。單以各縣市設立「文化中心」而言，所費即遠在新臺幣一百億以上。有了普遍的堂皇硬體，必需有對等的軟體去充實內涵，這就有賴於作家藝術家們嘔心瀝血的創作。要使創作得到良好的收成，前面的牽引力當然要由文建會主導使勁，而後面的推動力則中國文藝協會及所有文藝社團，應屬責無旁貸。

過去十年，尤其最近的四、五年，文建會辛勤的耕耘，廣闊的播種，用心策劃，積極牽引，做了不少爲文藝界加油打氣的工作，也主動策劃了許多與各文藝社團及傳播媒體合作的活動，使國民生活品質逐漸在提昇中。而對商品文化、消閒文化、舶來的次文化和世紀末的墮落文化，發生了相當強力的抑制作用，進而開始轉換了一般國民的生活品味。文建會有此成就，眞可謂「十年辛苦不尋常」。

看看文協這些年的成績單，雖不能說毫無作爲，究竟暮氣多，朝氣少，而推展文藝活動又未能掌握時代的新動向，故距離理想的目標尙遠。文協目前正站在一個重要的轉捩點上，論時機是最好的時機，論空間有足夠伸展的餘地。大可抱持審愼的樂觀，最少用不著洩氣。

文協的工作不是百米短跑競賽，而是準備跑馬拉松。文協的理監事們，是會員推選出來替大家服務的，將如何振作精神，不負所託，穩健的全力的再出發？許多朋友的希望是：

第一、文藝的「殿堂」不是少數幾根柱子可以撐得起來的，每位會員都是重要的支柱。既需要有成就的文藝界名家積極參與和指引，尤其需要青年優秀的作家藝術家踴躍入會，在一定的時間內準備接棒。

第二、文協過去曾創辦過會刊，作爲會員之間的重要凝結劑，後以經費不足停辦。今後無論採什麼方式，也要辦一個像樣子的，可對內也可對外發行的文藝刊物。

第三、採座談會或慶生酒會，使文友們每月聚會一次，既可聯絡感情，又可交換意見，達到「以文會友，以友輔仁」的目的。

第四、爲培植文藝新人及優秀文藝工作人才，文協可就現有場地，舉辦各種類別的研究班，如小說創作研究班、詩與散文研究班、書法繪畫研究班等，敦聘會內會外特具專長的學者和有成就的作家藝術家擔任教授。

第五、定期舉辦文藝界組織團隊分別訪問農村、漁村、鹽村，及國家建設項目中的重點訪問；或金門、馬祖、澎湖三個外島的定點訪問，俾充實作家藝術家的創作素材。

第六、選擇適當時機組團訪問大陸，或邀請大陸文藝界聲譽卓著的人士來臺，舉辦兩岸文藝多樣性的研討會。同時也歡迎海外文藝界及國際知名的漢學家參加。

綜合朋友們提供的意見，上述六項可以代表多數人對文協的期望，《民生報》且以社評相勉。其他還有許多大小不同的寶貴建議，大至希望文協敦促政府興建一所相當於「文化中心」的「中國文藝大厦」，小至文協工作人員不足，建議徵求義工。朋友的熱情，眞是最大的「勇氣輸送」。文協必當堅定信心，緊密結合以同道爲朋的團隊，朝明天看，向前面走，「再出發」不是句口號，共同的目標，是爲了「文藝界需要一個健全發展的家」。

編者案：原題為「文協的再出發」，本題係編者更改。

新「治安策」

社會治安的敗壞，不是一朝一夕形成的。三十八年至五十八年的那些歲月，社會新聞中，一般以太保流氓滋事、狗偷鼠竊爲患、空頭支票氾濫，以及窩娼窩賭、走私販毒等案件時有所聞。或謂這些不過是疥癬之疾，不足爲病。又微聞那時少數警察風紀欠佳，有濫收紅包情事，輿論頗加撻伐；而法院亦偶有不甚「神聖」之處；「秦鏡」懸掛不高，獄政尤多陋規，難免聽到一些「民怨」。諸如此類，抓抓癢癢，癢癢抓抓，大家不過把這些社會現象看成普通皮膚病，覺得沒有什麼了不起。

問題是年深月久，政府多行「寬政」，以致無形中姑息養奸，徒使不逞之輩，膽子越來越大。法令也者，竟然變成保護壞人，專整好人的玩意。壞人玩法，處處佔便宜；好人守法，反而擺明吃虧。於是不少「可好可壞」的人，心理上難以平衡，覺得放刁耍賴，可以得到好處，投機使詐，可以名利雙收。何況俗語說：「人無橫財不富，馬無野草不肥」，人生幾何？何苦硬要做什麼「好人」？圖什麼虛譽？種種爲非作歹，乃由此一念而生。

記得六十年代末期，不知誰是始作俑者，全省各縣市鄉鎮，彷彿就是一夜之間，突然冒出數千百家「馬殺鷄」理髮店，內容荒唐淫亂，無恥下流，幾至不堪聞問。新近方棄世的故考試委員成惕軒先生，當時曾用遊戲筆墨做了一幅對聯，聯曰：「人心不足蛇呑象，世道衰微馬殺鷄」。上聯似指幾件重大經濟犯罪案而言。上下聯工力悉敵，可謂慨乎言之，足當棒喝。

大概就是從那年開始，國民道德如江堤之潰決，以至於今日社會治安之惡劣，竟然達到十分難以收拾的地步。眼前景象是四望紅燈閃閃，令人觸目驚心。白晝殺人，鬧市搶刼，公然巧取豪奪，擺明聚眾行兇，乃成司空見慣之事。尤可畏者，大凡不法分子，不僅有現代武器裝備，而且有集團組織，連主管治安的憲警，生命與公權力都受到嚴重的暴力威脅。皇皇法治社會，成爲草莽江湖，這眞是要打從那裏說起？

一個社會要長治久安，本非易事。漢代名臣賈誼同漢文帝獻〈治安策〉，開首便說：

「竊惟事勢，可爲痛哭者一，可爲流涕者二，可爲長太息者六。若其他背理而傷道者，難以遍舉。」

「夫抱火厝之積薪之下，而寢其上，火未及燃，因謂之安。方今之勢，何以異此？本末舛逆，首尾衡決，國制搶攘，非甚有紀，胡可謂之安？」

兩千年後，我們再三細讀這篇文章，與現實情況對照一下，相信任何一位稍具愛社會國家的有心人，不去設想則已，只要略略省思，誰都不免要出一身冷汗。

要說政府不注意社會治安之整頓，殊欠公平。頻年以來，上至總統暨黨政軍警憲各級首長，無時不在力謀遏阻社會犯罪事件的升高。宋楚瑜呼籲國人發揮「社會公義」，注意自我矯正，積極消除戾氣，建立「富而好禮」和「富而好義」的社會。那一篇文章，尤爲警策。行政院及司法院，鑑於邇來重大刑案增多，更是嚴重關切，對內政部與法務部，鞭策甚力。充分顯示政府確有「懲暴治亂」的決心。然而何以總不見收到立竿見影的實效？這個問題值得全國上下痛切深思。

根據最新統計，今年經三審定讞被槍決的死刑犯，已有三十二人，留在監獄裏等待處決的還有十餘人。至於尚在各級法院審判，勢將死罪難逃的人犯，估計可能還要超過已決的人數。每次看到員警們焦頭爛額，皮破血流的破獲一些刑案之後，署長局長等苦笑著頒發獎金打氣，就不禁想起《漢書》裏「曲突徙薪無恩澤，焦頭爛額爲上客」這兩句話。同時也想到亂世人命再不值錢，但以殺止殺的霹靂手段雖屬萬不得已，恐怕終非治本的上好辦法。

竊窺今日治安之壞，士大夫要負最大的責任，知識分子要負最大的責任，大眾傳播媒體要負最大的責任，所謂「好人」要負最大的責任，財團富室要負最大的責任。何以言之？試條分縷析於後：

一、士大夫何以要負最大的責任？

士大夫是指受職居官的人而言，民意代表自亦包括在內。政府管理社會治安，有一定的法令規章，執行法令規章即所謂「公權力」，公權力的執行，一加一必須等於二，絕不可等於三，更不可等於零。衆所周知的怪現象，即外界瓜分了公家機關的公權力，而機關內部也有人出賣了公權力。瓜分機關公權力的以議壇人士最多，其次爲部分大衆傳播界人士。嘗聞警界友人吐苦水說：大凡「有力人士」總是專替歹徒講情，很少仗義執言替受害人說公道話。因此每每一件刑案發生後，受害人多不敢放膽指控加害於他的歹徒，甚至不敢提出告訴，原因竟然是「已經留下一條命，够幸運了，不要再惹麻煩才是上策。」這個樣子，治安焉得不惡化？

不但此也，某些民代在議壇上表現過於惡劣，開口三字經，閉口下流話，甚至解衣磅礴，擊桌打椅，毀損公物，一如吃了迷幻藥的乩童，中風狂舞。影像由電視播出，使一般蚩蚩之氓和無知青少年看了，認定這就是「自由」，這就是「民主」，於是尤而效之，照本模做而行之他處。治安如何不壞？

更有甚者，解嚴後，不少次街頭遊行，都由幾位特定的異議人物領導，號召不滿分子，怪招百出，一切都假「自由民主」之名以行，「自我膨脹」到不知他是老幾。可謂產生破壞治安最嚴重的帶頭作用。

二、知識份子何以要負最大的責任？

知識分子是社會的中堅，有獨立思考及判斷是非黑白的能力，是「禮義廉恥」的守護神，具有社會導師的地位。以是知識分子對社會國家的治亂興衰，影響不可謂不大。

自古以來，知識分子本來就是良莠不齊，大略言之，可分爲上中下三等。才德並懋的爲上等，德勝於才的爲中等，才勝於德的爲下等。從目前社會萬象中仔細觀察，可列入中等的知識分子可能爲數最多，十人之中約佔五至六七，他們對國家社會，當然有一定程度的貢獻，但限於才識、器局和膽魄，未見得都能充分發揮智者、仁者、勇者的精神，但最少能做到「潔身自好」，應該毫無疑問。至於拔尖兒的「上駟」，十人中恐難得其一二，假如千百人中能有其一二，具高瞻遠矚之才，有守正不阿之德，犧牲奉獻，一往無前，敢於面對天地鬼神，發誓說自己所作所爲，絕對至公無私，則吾人相信國家前途的艱險再多，治安情況再壞，仍然樂觀得很。問題是才勝於德的下等知識分子，爲數似不在少，這輩人雖有才智，適足以濟其奸惡，其危害社會，較之無才無德的狐鼠，其厲彌甚。

故我們要大聲疾呼，今日知識分子光做到「獨善其身」是不夠的，必須拿出道德勇氣，致力「兼善天下」！

三、大衆傳播媒體何以要負最大的責任？

新聞記者昔稱「無冕帝王」，是讀者尊重其職業神聖而言。記者的職責在於激濁揚清，寓褒貶，別善惡，引導社會正確光明的走向。萬不可自己「稱孤道寡」，以爲憑一支原子筆就可以發生原子彈的作用，高下隨心，斷人生死。更不可受人利用，替官僚、政客、財閥、學閥、幫派，充當文字保鑣或文字打手。記者要得到別人尊重，必須自己先尊重自己，堅持保有高尚的風骨。

當前新聞業範圍擴大，已普遍改稱大眾傳播業，工具日益多樣化，不僅有文字圖片，更有聲音影像。由於生存競爭的激烈，所有大眾傳播工具都越來越商品化。自從報禁隨解嚴而開放，在「言論自由」的保護傘下，報導也好，言論也好，電視節目製作也好，無不使盡氣力和招數，去爭取報份和收視率。水往低處流容易，逆水行舟則甚難。因此大眾傳播的品質，維持高價位者日少，賤買賤賣者日多。且有不少立意鳴高的「新產品」，經常會發生誤導及推波助瀾，甚至啟示犯罪的副作用，使人憂心不已。

四、所謂「好人」何以要負最大的責任？

「好人」有其一定的定義，但絕不是「是非不分」的濫好人，絕不是「婦人之仁」的蠢好人，絕不是「心慈面軟」的泥巴好人。常見許多為非作歹的壞蛋，被濫好人縱容，受蠢好人救助，由泥巴好人養成。殊不知壞人最善於利用人性的弱點，如同情心、悲憫心、愛心，以達到他們犯罪脫罪的目的。這些所謂「好人」更受一些愚昧含混的習俗觀念所左右，如「身在公門好修行」、如「光棍不擋人財路」、如「救生不救死」、如「惡人自有惡人磨，我何不樂得做好人」等等，由於不明是非，不知輕重，遂替壞人開闢好多新門道。

一千年前，宋代名臣范仲淹，每見不法者，輒以朱筆一筆勾之。同朝晚輩富弼歎道：「范十二丈一筆勾去，焉知一家哭矣！」范公道：「一家哭，何如一路哭耶？」這段史事，足為濫好人者誡，殊不知縱容救助一個歹徒，對社會貽害有多大。

五、財團富室何以要負最大的責任？

今日臺灣的財團富室，不僅私人財富在國際間名列前茅，而且為數逐年都有增加，億萬美元以上的富戶，多至不可勝數。其中由正當手段，勤儉善營運致富者固多，而以白手投機，噬人肥己者，蓋亦不少。不管他們財富的累積，其來源與方式為如何，其富厚多金是事實。一個國家能藏富於民總是良好現象，但其中仍有榮辱高下之分，不可不辨；與社會治安關係密切，尤不可不知。這一點，太史公一篇〈貨殖列傳〉說得十分深刻透闢。首先他說：

「富者，人之情性，所不學而俱欲者也。」又云：「今治生不待危身取給，則賢人勉焉。是故本富爲上，末富次之，姦富最下。無巖處奇士之行，而長貧賤，好語仁義，亦足羞也。」眞可以說得上百世以下，猶聞其餘響。這篇文章列舉天下今古致富人物實例，析論其聚散守處之道及其影響，良足爲後世法。

政府遷臺數十年中，致力於財經建設，推行國民均富政策，基本上十分成功。但距離「富而好禮義，知廉恥」，則似乎途程尚遠，談到「取之於社會，用之於社會」，雖然也偶有見諸於大眾傳播的報導，但總覺得不過是一種象徵性的點綴而已。若與捐獻鉅金建廟建教堂，求神佞佛的金額相比較，恐怕最多也僅止於其百分之一二。

有人批評今天臺灣的富室太多「暴發戶」心態，羣以奢靡相競，製造許多罪惡而不自知。這話可能稍嫌過火，難免一竹篙打翻一船人。但證諸社會發生的一些怪現象之所自，倒也並非完全無稽。至於與官僚政客掛鉤，與邪惡勢力掛鉤，與流氓幫派掛鉤，甚至與國際陰謀集團掛鉤等等，雖係里巷傳聞，尚難掌握實據，但也不能斷其必無。當然我們希望最好能「斷其必無」。更希望眾多富室，在消極方面，最少做到不逃避繳稅義務，不爲社會製造公害，不有意無意的傷害社會善良風氣。而在積極方面，多拿出一點熱心和力量來回饋社會，多做點像樣子、有實效的公益事業，那我們的社會就有福了。

「凡人之智，能見已然，不能見將然；夫禮者，見於將然之前；而法者，禁於已然之後。」以上論列，蓋指出治安敗壞隱藏的本源，每爲人所忽略，人人大都認定自己並沒有什責任。這一心態不革除，對於治安惡化，日久就可能完全失去抵抗力。政府雖銳意以「重典」治標，恐怕仍然很難霍然速癒。

第三輯　方塊

種樹如培佳子弟

長年的都市生活，侷促在一成不變的定點空間，工作像一條推磨的老牛，使人變得胸襟狹隘、眼光短淺而不自覺。假如不是還有二三直諒多聞的朋友，假如不是偶爾涉獵一點有益有趣的世界新知，眞不知自己將會變得如何的俗不可耐。

本月十日旅行訪問了退除役官兵輔導會所屬三個生產單位，包括森林開發處、武陵農場和福壽山農場。三天的行程，多半馳驅在崇山峻嶺之間，與大自然共呼吸：附驥於好多位詩人和小說家之後，與他（她）們共歌笑；在心血混合汗水浸濕的土地上，欣賞榮民們另一戰役的勝利成果。一番學習，一番啟示，一番薰染，等於在精神血管裏注入了強力的新生激素。

森林是國家的寶貴資源，遊覽車穿過橫貫公路蘭陽溪左岸，一望遠山重疊，原始林蔥蘢蓊鬱，人造林像梳理整齊的頭髮，壯美極了。這裏就是棲蘭山和立霧溪林區。

森林開發處運用現代觀念及技術，作多目標的經營。爲了要採運原木，伐林是必要的手段，但伐後的造林，無疑才是最重要的建設工作。我們去參觀科學管理的苗圃，在疏伐工作區嘗試新奇的森林浴，參觀不同年次的人造林和治山防洪工程，了解到他們循環更新的一貫作業，就像訓練一支精銳的軍隊，不斷提升或淘汰，更不斷加強不同層次的教育是一樣。

當我站在經國先生五十八年六月手植的那株高度已達數尋、直徑已逾一尺的臺灣杉下攝影留念時，不禁沉思：古今中外曾有那一個國家領袖會親自跑到這海拔一千六百公尺的高山上植樹呢？而誰又想到十五年之後，許多繁榮進步，都是從他種下那棵樹的時候奠立基礎的呢？

武陵農場成立於五十二年五月，福壽山農場成立於四十六年五月，都是經國先生當年親自翻山越嶺，實地勘察指示籌建的。這兒生產的溫帶水果、高冷蔬菜、高山茶，都奇蹟似的成爲亞熱帶國家特有的珍品。榮民同志長年的犧牲奉獻，沒有半句怨言，他們的臉上，永遠流露樸誠滿足的微笑，這種忘記小我的精神，眞值得我們由衷敬佩。

這三個單位的主要工作都是「種樹」，記得少時讀〈種樹郭橐駝傳〉，郭橐駝在談了一番種樹的道理後，旁邊的人說：「不亦善乎！吾問養樹，得養人術。」在許多現代郭橐駝之前，我聯想到馬君武一幅名聯的首句：「種樹如培佳子弟」，我們不僅要有這種意趣，還要學習榮民同志那種「前人種樹，後人乘涼」，和「成功不必在我」的曠達襟懷。

桃樹下沉思

福壽山農場有一株桃樹，幹身粗壯，枝葉繁茂，盤根寬廣。春天一到，樹上會開出五六種姿彩各異的花朵，繽紛錯落，別具風致，使不知底細的人看了覺得非常新潮。——這是武陵源移來的桃樹嗎？還是我們身在瑤池，欣賞王母栽種的仙桃？一時意緒朦朧，彷彿跌入幻境，興起無邊的遐想。

〈桃花源記〉是晉代文學家陶淵明一篇幻想的小說，主題是寫一羣厭棄獨裁暴政，熱愛自由的人民「尋得桃源好避秦」的故事。瑤池的仙桃是世人戀慕長生，企望青春永駐的神話。這兩個故事，與十七世紀英人摩亞的寓意小說《烏托邦》信仰自由，在意識上有異曲同工之處。只是兩相比較，後者顯然缺乏中國文學思想那份接近浪漫主義的風雅趣味，不耐咀嚼。

福壽山那株奇異桃樹，只是遺傳工程研究試驗下的產物，並非得自天生。臺灣地居亞熱帶，無法種植溫帶水果，自從開闢橫貫公路以後，農場負責人發現梨山一千五百公尺高處，氣溫低寒，與江南無殊，認爲或可試種桃梨蘋果之屬。

那株桃樹，母株是原地的毛桃，以接枝法接上國外運來的多種優良品種，經過繁覆的培育轉植，成爲現在眾口交譽的新品種梨山水蜜桃。

這株桃樹的母株是中國本土文化的象徵，外來文化必須接合在母株上，經過一番化育過程才能發榮，這是自然生態中偉大的潛力之一，誰也不能違背這一自然法則。多年來，我們引進新的世界學術性思想不少，本質上固然各有其優越可貴處，但如其不能與本土文化相結合，則鑿枘杆格，恐怕只見其害，難見其利。我們應該從這株桃樹得到一個很好的啟示。

當我們走過福壽山十里桃林，除了也稍有一點武陵漁人的天眞心情以外，究不免有更多複雜的感觸。前面引到的三個小故事，都蘊含著人類高遠的政治理想，以人類的智慧力量和道德力量，事實上是絕對可以達到此一境界的。三十多年來，政府在諸多險惡環境中建設臺灣，即算是再怎麼挑剔，你能否認臺灣的農村不是已經接近桃花源的型態嗎？何況政府的作法是積極的，最終的目標，是要將現行制度將來擴展及於全中國。

寫到這裏，想起宋代志勤禪師，在潙山見桃花悟道所作的一首偈：「三十年來尋劍客，幾回落葉又抽枝，自從一見桃花後，直到如今更不疑。」閱歷滄桑已近半個世紀，幾回落葉抽枝，不僅見到桃花，更見到桃實，慧根雖鈍，對於共產主義必然敗亡，三民主義必將統一中國的認定，也可以說「直到如今更不疑」了。

森林浴與遺傳工程

上月在〈中副〉發表兩篇短文，一篇文中提到「森林浴」，一篇文中提到福壽山農場一株桃樹，聽旁人說起，謂是「遺傳工程」的產物。蒙好幾位讀者先生來信下問，盼能稍作介紹，很惶恐也很感激。

所謂森林浴，據知就是在森林中散步遊憩，耳聽飛瀑流泉，蟲聲鳥語；眼看綠蔭如海，芳草如茵；吐放在城市中鬱積的濁悶，吸取大自然生意盎然的靈氣；目的是讓緊張疲憊的身心，充分沐浴在森林的清芬氣息中。這種活動，即謂之森林浴。

森林浴最初流行於德國，是中老年人採用的健身方式，被認爲對培養活力，愉悅身心，極具效益。近兩三年來，日本若干醫衛學者和遊山專家，根據科學上的論證，確認森林浴值得普遍提倡，因而積極與森林管理機構共策進行，開發許多森林遊樂區，增加更多的健身設備，使得森林浴也能吸引青少年的興趣，成爲一種現代人的生活風尙。

臺灣尚未普遍引用森林浴這一名稱，但對森林遊樂區的開拓，卻在二十年以前就已開始建設，可謂早有森林浴之實。依據自然風景條件、地理特性、動植物生態環境以及各項人文條件，臺灣具備發展潛力的森林區相當多。城市生活實在太繁囂了，空氣污染尤其嚴重，而森林浴是最佳的戶外活動之一，我們希望開發更多的森林浴場地，這對國民身心健康是大有裨益的。

關於另一篇文章中，提到一株桃樹是遺傳工程的產物，首先需要說明，我根本不懂植物的遺傳工程，讀者先生問我，等於問道於盲，於是我只有請教專家，結果我算是自己上了寶貴的一課。

據陳紀中先生見告：遺傳工程乃經由原生質體融合，體細胞雜交，或細菌質體的媒介為手段，使遺傳質重整，致形成與親本不同的新個體，需要高度的實驗室技巧才行。嫁接則為植物體營養生長部位的融合，藉著砧木供應優良接穗所需要的養分與水分，並未發生遺傳質的重組，即使有嫁接雜種的嵌合體形成，仍可由其不同的基因型辨別出各別的細胞來，也未發生遺傳質重組，故嫁接所得的植株，不能算是遺傳工程試驗研究下的產物。

據了解，高等植物經由遺傳工程而獲得完整植株，還是最近十年的事，國內近年方在中研院、大學農業試驗所著手研究試驗。事先未能精確求證，草率引用這一科學名詞，甚感愧歉，並順便在此向陳紀中先生表示謝意。

黑信

「黑信」就是不具發信人姓名地址，或虛構發信人姓名地址，意圖傷害第三者或對方的信件，又稱之爲「匿名信」。內容不外檢舉、攻訐、造謠、漫駡、恐嚇，總之，極盡惡意傷人之能事。

一般情形以情治單位、民意機構，及較高層權力機關首長接獲此類黑信的機會較多。有時私人也會接到這類破空而來的暗箭。

由於寄發黑信只需花費五元郵資，輕而易舉，又足快意。所以有個時期，黑信十分猖獗，常使接信機關和被害人徒增困擾，啼笑皆非。自從有關單位宣布對所有匿名信件概不受理之後，頗使寫黑信的人無所施其技。雖說可能會使黑信較爲減少，但據知至今仍並未完全絕跡。

研究寫黑信者的心態，不出挾嫌、懷恨、嫉妬、報復、偏狹等數種因素。這種人心地陰柔奸狡、膽小如鼠，怕事而偏又好事，故出之以這種不負責任的卑鄙手段，實在是個十足的懦夫。

這種寫黑信的風氣，或謂與國民知識及國民道德有關。也有人以爲這種作風僅是市井小人與斗筲之士的專利，但證之最近文藝界居然也會連續發生黑信事件，可知又並不盡然，說來很令人慨歎。

首先是幾家報紙副刊、文藝雜誌及文藝界朋友都接到一封打字油印的無頭信，一行大字標題寫著「請發表七位詩人的風範」。內容當然是「糗」這被列名的七位詩人。不管它所描繪的忠實性如何，我想眞正受到傷害的不會是這七位詩人，而是這位寫黑信者本身的人格。

又某報副刊半年內刊載過一位青年作家自海外寄回的三篇作品，描繪留學生在海外艱苦奮鬥的故事，文辭華美，充滿愛國懷鄉的情操。不料編者忽然接到一封黑信，說這位作家當年做過太保，是位花花公子，所寫都是假話，要求編者勿受其「愛國糖衣」所矇蔽。最後圖窮匕見，說如果以後再發表某人的文章，當發動讀者停止訂閱該報。很顯然這位寫黑信的人，與某作家必係素識，他這種攻訐，適足以暴自己之短，絲毫無損於他所攻擊的對象。因爲拿不拿得出好的作品來，才是一樁最現實的事。

此外攻訐畫家、攻訐作曲家的黑信，也迭有所見，越是知名度較高的，挨冷箭也最多，明眼人一看就知道是圈內人所爲，俗云「鬼欺熟人」，此之謂也。

自古文人相輕，但似乎不是這麼一種「輕」法；寫黑信「借刀殺人」，大非知識分子所應爲，希望自命爲文人的人自勉自重，並請從不寫黑信始。

「青年」與「年青」

錢穆先生近在〈中副〉發表〈及時作青年〉一文，文首談到「青年」的稱呼不知起於何時，錢先生認爲大抵不過百年上下。錢先生又說，「青年」一詞，或者是日本人最先開始使用，後來中國人也沿襲使用，應是由西化而來。他縷析「青年」一詞的界定意念模糊，在許多地方發生扞格。如果將「青年」改稱爲「年輕人」，那就會比較妥當適切得多。

讀了這篇文章，使我想起民國二十三年，我從經史學名家李肖聃先生研習古文，有同學某君一次在作文卷子上寫了「青年」一詞，李師打了個眉批：「閱遍十三經，未見青年二字，改少年可也。」當時同學羣以李師頭腦冬烘，對於一個廣泛流行的新名詞而竟不能接受，未免太迂腐了。後來讀書稍多，才了然於李師治學之精嚴，字字必究其來歷，所以他堅決反對杜撰。

想不到這一名詞，到今天又繼續使用了五十多年，早已「約定俗成」，成了牢不可破的

「氣候」，它已是教科書、公私文書和一般文學、口語的習見用語，假設現在要硬生生再把它扭轉過來，恐怕誰也沒有這份力氣。譬如每年的三月二十九日是國定的「青年節」，我們政府如果下一道通令，把它改爲「年輕人節」，可能大家反而會感到更不習慣和更加彆扭。

又記得我的一位同鄉前輩熊夢飛教授，七七抗戰發生時，他從北平回到湖南，他的兒子小飛和我同學，我們合辦了一份文藝三日刊。他倒不反對我們使用「青年」這一名詞，卻對我們每每把「年輕人」寫成「年青人」，認爲十分刺眼，期期以爲不可，要我們一定要改過來。我們當然照改，而且一直到現在，我絕不把「年輕人」寫成「年青人」。可是我不管教書也好，當編輯也好，對於別人寫「年青人」時，我卻並不太堅持要把它改過來。

我想錢賓老說這個詞兒是由西化而來，應該不錯。例如基督教徒的「青年會」，原文就是 Young Men's Christian Association。顯然「青年」就是 young men 的意譯，日本人接受西化較中國人爲早，他們把它譯成「青年」，我們隨後接收過來，並非想當然的事。

其實，現在大家把少年人和壯年人，都泛稱爲「青年」，也沒有太大不對。我們把人生這段少壯時期比之如草木之方青，更具有積極的肯定意義。因此，即使要把「年輕人」寫成「年青人」，也不必責其不通。因爲高山滾鼓，滾了一百年，鼓早就破了，不通的也就通了。

品茶

日前友人約我到一家號稱遠東最大的茶莊品茶，恰好可以抽出一點時間，晚上七時半報到，九點半辭出，享受了整整兩個小時的「生活藝術」。

主人以名之爲「茶王」的眞正凍頂烏龍享客，親自煎煮，味殊不惡。繼而又拿出在月桃湖培植的武夷品種，湯色氣味，足可亂眞。微惜茶具並非精品，水質稍欠甘醇，與區區平生見過的世面相較，不免要扣掉一些分數。好在座間談笑，非常近雅，點綴勞生，也算是一種難得的情趣。

談到品茶，不僅是中國人獨有的生活藝術，也是特出的「精緻文化」之一。被東洋人認眞學習了去，著爲「茶道」，至今饒有古風。西洋人也學習了去，卻連皮毛都沒有學到，他們只曉得喝紅茶，在鮮紅的茶汁中，羼入牛奶和糖，外加一片檸檬。可笑現在又被崇洋的中國人把這種四不像的飲茶方法學回來，裝模作樣的嘖嘖品味，引爲大大的時髦。

中國人品茶，早在唐代就已經很盛行，最少也有一千三百年以上的歷史。自陸羽著《茶經》，往後宋朝有蔡襄撰《茶錄》，丁謂寫《茶圖》；至明清以降，更有《茶譜》、《茶論》、《茶覽》、《茶識》、《茶廣誌》等專著問世，極踵事增華的能事。

中國人品茶，講究太多，茶質水質而外，單說器皿用具，一系列就有二十四種。品飲一次，費時費事，所以又名「工夫茶」。至於品茶時環境與氣氛的調和，主客與餘興的配合，都要刻意安排，才能得到預期的高雅趣味。在今日工商社會中，大家忙得暈頭轉向，恐怕很少人有那麼多閒工夫，能經常維持這一雅嗜。充其量把自來水燒開，用磁杯沖泡得濃濃的，待客或自用，也就很過得去了。

品茶的作用之一是解渴。渴時一滴如甘露，在戰場上有時求一泡馬尿而不可得；南海珊瑚礁上的難民，有一滴雨水便是玉液瓊漿；他們再怎麼也不會奢望品茶。事實上，品茶是文化升高的產物。盧仝詩「一椀枯吻潤，兩椀破孤悶……。」蘇東坡詩「從來佳茗似佳人」。可見品茶除解渴外，尙有影響人類精神境界的效果。

茶葉爲中國特產，是出口貨品的大宗，對國家稅收有很大的貢獻。播遷臺灣以後，在對外貿易上雖仍佔有一席，但遠不如昔日的風光。近十餘年來，茶農不斷改良品種，積極增加生產，外銷景觀，頗呈旺象。假如政府能進一步作有計畫的輔導，業者本身在製作和包裝技巧上更求精進，同時在宣傳廣告方面多下點工夫，對海外市場的拓展必然大有前途。希望政府和業者把「茶葉外銷」看作一種「文化輸出」來做，那就更具意義了。

金門精神

人年輕朋友服兵役抽籤，抽到金門、馬祖，有個名色叫「金馬獎」。我早沒有抽獎資格，二十多年前曾以民意代表身分去馬祖、東引勞軍，十天戰地生活，至今回味無窮，算是中了個額外獎。

金門一直沒有去過，但讀過有關金門的訪問記，少說也不下百篇，因而對於金門種種也頗耳熟能詳。某次跟一對外國夫婦吹蓋起來，竟然頭頭是道，使聽者忘倦。可是當他們親自訪問回來以後，卻都說：「我們看的要比聽你說的好得太多。」

前天總算有個團體活動的機會去了一趟金門，一共停留了二十五小時零十分鐘，非常緊湊的參觀了今日金門各項建設。雖然時間很短不「過癮」，但已經得到很高程度的滿足。所謂百聞不如一見，親身的感受，究竟不同。

飛機降落前，從空中鳥瞰金門，就像一塊綠玉鋪放在藍色的錦緞上。當然看不到全部，但有一角也就够了。縱橫密織的公路，多彩的新舊各式建築物，就像精工的雕鏤，而大小數不清的湖塘，在陽光照射下發光，就像鑲嵌的鑽石。眞個是祥雲萬朵，瑞氣千條，心中有個極眞實又類似幻覺的意念，「我將降落到一個仙島上」。

金門予人第一個印象是整潔寧靜，這裏沒有生態環境污染，車行在水泥舖成的平坦公路上，道旁花樹雜植，人車相遇，自然禮讓招呼，使人眞像置身卡通影片中。

這裏沒有流氓、太保、乞丐。當然也沒有一切文化污染、社會污染或政治污染。這裏人人愛鄉愛國，男女皆兵。尤其有名的金門女自衛隊，個個剛健婀娜，熱心能幹，予人印象至佳。

金門人守法務實，雖有法院和警局，但一向政簡刑清，一年到頭也辦不了幾件案子。金門人勤勞樸實，家家富裕康樂。而又無比的勇敢沉著，根本無懼海峽對岸打過來的炮火。

太武山脈是一塊巨大無比的囫圇花崗岩，金門守軍以萬能的雙手，在莫測高厚的花崗岩中，鑿出了可容數千人的擎天廳。縱橫數十里的中央坑道。能容兩千病床的現代化「花崗岩醫院」。還有一座美輪美奐廣達二千餘坪的迎賓館。金門堅強無匹的戰鬥實力，幾乎大半深藏於花崗岩下。把許多外國專家看得目瞪口呆，舌矯不下，直說：「這怎麼可能，這怎麼可能！」

怎麼不可能？在馬山前哨，在古寧頭，我看到幾句口號：「獨立作戰，自立更生。堅持到底，死裏求生。」「工作不怕難，生活不怕苦，戰鬥不怕死！」金門的英勇軍民們都做到了，並且繼續在做。他們的心志裏永遠沒有不可能。我想，這不是口號，這正是最值得歌頌的金門精神。

傳統價值

朋友從美國回來，轉述一個起先逃亡香港，後來移民美國的「紅衛兵」的談話，平鋪直敍，述而不作，卻有極深長的意味。

這個當年的紅衛兵說，他從小就唸「我不愛爸爸，我不愛媽媽，只愛毛澤東」和「爺親娘親，沒有毛澤東親」的符咒，從來沒有半點懷疑的都接受了。學校要他偷聽父母談話，監視父母行動，隨時返校向幹部報告，作爲批鬥根據，他也照做不誤，使他父母吃過不少苦頭。

「文革」時期，他讀中共的華南大學，響應毛澤東的「號召」，參加紅衛兵搞全國串連，成爲上千人的頭頭，瘋狂鬥爭「反革命」。可是不久變了風向，紅衛兵全部整垮，他這個頭頭被關進牢監，整得死去活來。

在黑獄中他像個孤魂，毫無依靠，悽慘極了。這時唯一還關心他，間幾天還帶一個鷄蛋或煮蕃薯去看他的，是他病苦中的老父老母。他說，他的一線良知，這時候才重現光明，才恍然知道畢竟是爺親娘親，而不是毛澤東親！

坐了幾年牢出來，更看透了共黨抹棄人性的本質，對共產黨一切言論作爲，覺得怎麼想都怎麼不對勁。他說，像他這樣從惡夢中覺醒過來的人不只他一個，出獄後，他們非常自然地撤去彼此原有的拒馬，交換了眞心話，許多人因此結合起來逃亡，逃不了就反抗，那個搞大字報的李一哲（李正夫、陳一陽、黃希哲等三人的共名。），就是在他當時的十七個夥伴之中。

這種現象是全面性的，如果繼續下去，共黨非垮到底不可，所以共黨領導們不得不裝模作樣溫和一陣子。其實，欺騙與鬥爭，是共黨維持存在的唯一法寶，只要看鄧小平最近重申絕不放棄無產階級專政，就是表示還是要繼續搞階級鬥爭。預料往後他們必將再製造新仇恨，劃分新階級，然後居中挑撥，進行一連串更激烈的鬥爭，那時不知又有多少人流血，又有多少人死亡？

聽了朋友轉述的這段話，深有所感：

第一、大陸同胞的覺醒，是人性的覺醒。證明中國五千年文化孕育的倫理觀念，任何人都不能否定，即使是十億「試管嬰兒」也不行，何況不是！

第二、中國文化傳統價值的力量無窮大，壓制越狠，抗力越強，毋須用電腦計算，我們堅信共黨終將在傳統價值的力量下崩潰滅亡。

第三、傳統價值論絕不是迂腐的八股，它是黃帝子孫特有的無形國寶，精神上的核子武器，我們必須積極發揮它的光熱。

第四、中國人的苦難一定有個盡頭，也許是明天，也許就是今晚，總之越來越近，一切看我們活在自由世界的人們的作法，當然，我們對大陸同胞本身，也寄予極大的希望。

友道

社會最現實的情況之一是「富貴則人爭趣之，貧賤則人爭去之」。這是世俗交遊的常態，如果我們把世情看通透一點，把氣度放寬大一點，便也覺得無足深憾。可是有一種朋友，見利忘義，反臉無情，甚至在緊要關頭，來個落井下石，更狠心的還要拿你當豬仔賣，那就太可怕了。

有過這種經驗的人恐不在少，有些聰明人，吃一次虧，學一次乖；有些厚道人，連續上當之後，也不免會提高警覺；只有一等糊塗蟲，給人賣了，給人宰了，還不知道是怎麼回事，最屬可悲。

中國歷來把朋友列入五倫，我們生活在朋友中，朋友的品格，常可反顯自己的品格。前哲說：「未知其人，先觀其友」，所以我們傳統的友道，首在敦品勵志，而直、諒、多聞的朋友，尤視爲可貴可珍。

可惜世人擇交，漸漸不重道義而注目功利，往往喜歡提出事業的互助，近乎「以同利爲朋」。如僅從此等處著眼，實已貶低了朋友的價值。因爲我們成功固然需要朋友，失敗尤其需要朋友。而失敗時，朋友精神上的鼓勵和安慰，有時且遠勝於物質上的援助。

社會關係，異常複雜，朋友交往，難免不因誤會、偏見、私慾、過失等傷害友情的因素而鬧成絕交。但中國人講求恕道，絕交不出惡聲，甚或以德報怨，一旦情移勢易，又可捐棄前嫌，握手舉杯如故。唯「道不同不相爲謀」是一鐵則，與奸宄小人永遠薰蕕異器，既絕之後，便成永訣。這是中國人最堅強的一面，在精神狀態上與西方人大不相同。

蔡邕〈正友論〉云：「朋友之道，有義則合，無義則離。善則久要不忘平生之言，惡則忠告善誨之，否則止，無自取辱焉。」又云：「故君子不爲可棄之行，不患人之遺己也；信有可歸之德，不病人之遠己也。」實在是千古高論。

人際關係，有時就是國際關係的縮影。卡特政府此次棄好崇仇，與中共建交，我們於日常朋友生活中，實已早就具有此種體驗。蔣經國先生呼籲國人團結自救，並堅守民主陣營，絕不與中共妥協，更絕不聯俄。正是「不爲可棄之行，信有可歸之德」。我們前途雖然艱困，但領航人遠矚高瞻，航向極爲正確。只要大家堅此信念，萬眾齊心努力，雪恥圖強，終必達到最後的目的。

美食藝術

中國飲食之美、烹調之精、變化之多、名色之巧、供享之富，舉世恐罕其匹。最近觀光協會在臺北舉辦最佳廚師「金鑊獎」，標榜發揚有創意的美食藝術。踵事增華，一般反應似乎都有相當濃厚的興趣。

美食何止是藝術？毋庸說也是文化。範疇寬廣深厚，三年都談不完。美食爲人人口腹之所同欲，雖說「君子不恥惡衣惡食」，但那種持守僅表現在現實個人的時候。因爲從來未聞君子除「嗟來食」之外，對所有美食一律硬性排拒。要說有，千古以來，可能就只有一個大宋的岳飛岳爺爺，他以「靖康恥，猶未雪」，每飯必對北流涕，天天吃青菜豆腐，猶以爲過。這是幼時讀精忠岳傳演義知道的，至今印象深刻。儘管是小說，卻始終堅信這是寫實。

先一夔公與茶陵譚畏公頗有交誼，兩家均精飲饌。民初十多年中，每有嘉會，常互携庖廚供食。世傳之譚廚尤負盛名，人莫不知有「畏公魚翅」，鮮知尚有「畏公豆腐」，更不知畏公平居甚嗜「暴醃魚」、「菌油」、「醋溜紅菜苔」。按魚翅固為珍饈，而豆腐、紅菜苔等都是最平民化之物，如善為烹製，一樣可以成為極富藝術創意的美食。後人妄傳畏公獨嗜魚翅，甚且非翅不歡，實乃過甚其詞。

所謂美食，絕不是非要珍異昂貴不可，眞正烹調好手，在於能把普通家常菜弄得特別適口落胃，吃得你眉開眼笑，意快情怡，這才見工夫。所以「色香味」三者是千古不移的要訣。如果再就「營養、衛生、器皿、情調」四項加以考究，就更見周全了。老實說，很多美食是沒有營養甚至很不衛生的。又美食絕不可不盛以美器，如果把佳肴置於粗劣的瓦釜之內，不能說不殺風景。至於情調，最關食慾，設若座有惡客，言語無味，面目可憎，空氣令人窒息，雖美食當前，又如何嚥得下去？這些雖是題外話，但就發揚美食藝術的「團隊精神」而言，似亦不可輕易忽略。

老子說：「治大國如烹小鮮」，飲食雖小道，但「調和鼎鼐」可以比擬當國者的「燮理陰陽」。今日政府推行均富政策，在使人人脫離貧窮。熱望我們的現代易牙，在致力發揚有創意的美食藝術時，能夠多啟發國民對美食有一種革命性的新觀念，使人人都能共享。千萬不要走上窮奢極侈，繁複浪費的岔道。「烹龍炰鳳玉脂泣，羅幃繡幕圍春風」的景象，逐年擴展升級，究竟很不適宜當前我們所處的這個時空。全國的農漁畜牧專家，已為我們培育並生產了享用不完的美食材料，健康營養專家已爲我們提供了正確的飲食觀念，我們現在太需要新速實簡的美食烹調方法，請提倡美食藝術的先生女士們朝著這一方向研究發展如何？

白銅煙灰缸

星期天整理貯藏室，清出兩對白銅煙灰缸。一對直徑六寸，一對直徑五寸。滿身銅銹，斑駁骯髒，一派「落魄」相。敁敠了半晌，決定去買擦銅油來，爲它們刮垢磨光，恢復其本來面目。

這兩對「寶貝」，乃吾家舊物，昔在故居，每天擦得雪亮，大的一對擺在客廳的紅木咖啡桌上，小的一對擺在書房的兩張小几子上。朋友們來訪，抽煙、品茗、清談，莫不特加青睞。

來臺灣三十年，住處靡定，許多器物隨遷徙而破損或失落，唯有這兩對煙灰缸，厚重堅實，顛撲不破，加上品相不凡，總也捨不丟棄。四年前搬到現址，忽感心意懈怠，討厭每天擦拭，全部換成玻璃製品，款式很新潮，清洗也簡便，當時覺得甚爲得計。

可是，玻璃品受不得碰撞蹉跌，容易缺裂破碎。四年來，碰破換新已經好多次了。這回無意中把「舊物」清點出來，回想它們過去「追隨」我的許多好處，便決心要它們重新「歸隊」，那幾個破缺的玻璃貨，往圾垃桶一扔完事。

古諺說：「光艷不發，珠玉與瓦礫同觀。」珍貴如珠玉，一旦失去光采，尚且會變得毫無價值，何況區區一個銅煙灰缸？因此我先是懷著幾分憐憫去擦拭，繼而想到它們之所以失去光采，完全是由於未嘗整飭之故，那又該怨誰呢？士大夫們常說：「士三日不讀書，則言語無味，面目可憎。」它們四年未經擦拭，正如讀書人四年不近書本一樣，焉得不面目可憎？

擦拭之後，看它們精純光鮮，無殊往昔，感到很安慰，而且興奮起來，心想到底「眞金不怕火煉」。銅，原是重要五金之一，銅器曾經代表人類進化的一個光榮時代，通過數千百年的艱辛考驗，對人類作過種種光輝的貢獻，由於秉質堅貞，時至今日仍能保有其「現代價值」，單憑這點，也就應該對它們特予珍視。

這幾天，擦煙灰缸已成了定時勞務，每次都是懷著一種虔敬的心意，像教徒每天做早禱一樣，認眞得很，彷彿在意識中，簡直把它們「人格化」了。

南樓聽雨

在電話裏婉謝了兩處應酬，第二三兩代也說好不來定省。老妻在辦公室忙了一星期，此刻還兀自上市場採購。唯我無事縈心，獨享了這份假日的清靜。

樓外，雨下得很猛，沒有風，雨下得很直。面對北窗外望，像掛著重重的鮫綃簾幕。雨落在簷板上，音響激越，很有節奏。此情此景，覺得何妨「雅」他一下。於是焚一爐香，沏一盞茶，躺在籐椅上聽雨。

起先沒有甚麼特殊感覺，只是心裏想笑。雅甚麼雅？——學盧仝麼，自問缺乏那種疎放的氣質。學蘇東坡麼，你算老幾。學周作人麼，那個愛喝苦茶的漢奸文人，他又算老幾？

要定下心來純聽雨還眞不容易，先是想起李煜那闋〈浪淘沙〉：「簾外雨潺潺，春意闌珊……」才默念兩句，一陣噁心。暗咒道，這個「夢裏不知身是客，一晌貪歡」的亡國昏君，這種頹廢淫靡、沒有骨頭的作品，想它則甚？

——「一春夢雨常飄瓦，盡日靈風不滿旗。」

——「紅樓隔雨相望冷，珠箔飄燈獨自歸。」

李義山這兩聯名句，接連像飛燕似的翩然掠過。我曾經很喜歡這位純情主義詩人的詩作，但又並不喜歡他那潛藏著太多牢愁哀怨的幽幽感。已是好久不曾碰過他的詩集了。人生常有些模式，很多人就是跳不出。像蔣竹山那闋膾炙人口的〈虞美人〉，他藉三個不同的聽雨情境，抒寫人生三個不同年層的生活心境，深刻動人。這是大眾模式，幾百年來，大家叫好。其實，未必就眞沒有人能跳得出來。

有人少年時也曾偶或「聽雨歌樓」，卻不一定都有「紅燭昏羅帳」的綺麗經驗。而處在一個國家存亡絕續的大時代，動亂之際，「聽雨客舟中」和「聽雨僧廬下」，更是常有的事。只是那時年輕，國家多難，除了等機會以生命報國，就根本無暇有個人的感傷。即或現在海隅，已經過了壯年，接近老年，只要這人不是單一的追找個人名利，心裏還有自己以外的目標，儘管勞碌奔波，也一定不會苦惱，儘管寂寞憔悴，也一定沒有悲愴。大陸十億生靈待救，誰又眞能「悲歡離合總無情」呢？

佛家謂眾生莫不輾轉生死於六道之中，輪迴無有已時，唯成道者免此。道在那裏？我想捨己爲人，以身許國，就是我們今日應該追找的「道」罷。

連日梅雨，桃竹一帶積水成災，想到坡翁「人隨鷄犬上牆眠」的景象，覺得還是陸放翁的詩深獲我心：「江湖暮春多風雨，點滴空階實厭聽。」「拾得鐵丸無用處，爲君打散四山雲。」啜了口茶，離坐而起，實在「雅」不下去了。

「國恥片」與光復節

在我童年時代，我的故鄉長沙流行一種零食，名叫「國恥片」。那是用麵粉拌和鷄蛋白糖烤製成撲克牌大小的薄片，厚約三公分。一面上端橫烙著「毋忘國恥」四個較大的字，下面直行烙著「列強」歷次以強權迫使我們喪權辱國的史實。一個銅元買五片或十片，已記不太清。但有一片上面烙著：「馬關條約，迫我割讓臺灣澎湖」，倒是記憶十分深刻。

後來讀中學上歷史課，至李鴻章與伊藤博文簽訂中日和約於馬關一章，老師吟誦丘逢甲「宰相有權能割地，孤臣無力可回天」那首悲憤填胸的名句，以拳擊案，眦爲之裂。全班同學也莫不爲之色動神往，血脈賁張。

我寫這兩段小事，是要讓現在的年輕朋友知道，國恥是國家的大恥，舉國都引以爲恥。此所以臺灣淪於日人統治後，國內有志之士和臺灣同胞，幾乎無時無刻不在圖謀光復舊疆，以湔雪滿清政府留下來的奇恥大辱。

只以國家多難，憂患如排山倒海而來，國民黨的總理、總裁及無數黨人同志，在橫逆的惡流中號召全國軍民禦侮圖強，以廢除不平等條約爲最重要的革命目的。以血肉苦撐惡鬥，終於使蒙塵五十年之久的臺灣光復於一旦。

也許幸福的日子過得特別快，臺灣光復那天誕生的嬰兒，今天已經忽忽過了「不惑」之年，都已成爲國家最堅強有力的楨幹。他們的生長環境遠比上兩代的人要好得太多，眼看著他們一個個英姿勁拔，資質優秀，在各方面表現的傑出成就，眞是「出藍」的出藍，「跨竈」的跨竈，使我們憂患餘生的老一輩，既慚愧又羨慕。

不過，我們站在現實時空的立足點上，回頭看一百年，再向前看一百年。阿里山的頂峯畢竟不够高，我們不妨幻化自己是孫悟空，一個觔斗雲翻到半空，看看海峽對岸的大陸故國，看看世界五大洲各色的芸芸眾生，有許多人在過著甚麼日子？有好些人又在幹的甚麼勾當？恐怕心情就不會太輕鬆，意氣就不能太驕傲，我們不能不接下歷史的包袱，爲我們的下一代或更下一代走出一條長遠的康莊之路。

現在是一個智慧和知識掛帥的時代，自私與狂熱的功利主義以及狹窄的鄉土觀念都足以朦蔽智慧，是一種無可救藥的愚昧，害人害己，還是危害整個社會國家。

臺灣光復了，但大陸國土尚有待我們光復，十億同胞尚有待我們拯救。撫觸我國版圖北疆的那個大窟窿，我們還有一個更大的「國恥」，有待我們的子子孫孫不要忘記，我們終將盡全力去洗雪！

功利思想

工商業社會中，崇尚現實功利的思想非常普遍，很多人狂熱的追名逐利，認定只有名成利就才是人生唯一的快樂目標。至於名要多大才算成，利要多厚才算就，並無止境。總之名愈大愈好，財愈多愈好。最好是時間極力求其快，歷程盡量求其簡，而收獲則加倍求其豐。有這種想法，不僅爲很多中年人，特別是更多的青年人，甚至不少「戒之在得」的老年人，也都不免或輕或重的受到感染。這是人性自然的趨向之一，其實古已有之，不過當此太(空)原(子)電(腦)時代，大家益發表現得露骨罷了。

何況聖人說得不錯：「邦無道，富且貴焉，恥也；邦有道，貧且賤焉，恥也。」我們目前正生活在一個民主開放的社會，人人權利均等，機會均等。誰愛追名就追名，誰愛逐利就逐利，儘管使出高招，各憑手段，絕對沒有人會加以阻止，反正十分自由。

談到名，中國人重視的「實至名歸」。對於「欺世盜名」、「浪得虛名」之輩，難免不爲有識者嗤之以鼻。此中重點，有一個「實」字在。又中國讀書人有一項傳統道德律，那就是「不以言廢人」，而往往自然而然的「以人廢言」。則此中又很顯然有一個「德」字在。

清人蔣心餘（士銓）有一首痛譏陳眉公的七律云：「妝點山林大架子，附庸風雅小名家。終南捷徑無心走，處士虛聲盡力誇。獺祭詩書充著作，蠅營鐘鼎潤煙霞。翩然一隻雲中鶴，飛去飛來宰相衙。」可謂把一輩「小有才」而既無實學、又無德行的好名之徒，罵得淋漓盡致。其中隱隱更反襯出有一個「道」字在。

所以說，名雖然可以從君所好，從君所求，但是究竟不可虛得、不可妄得、尤不可倖得。它必須通過「實」、「德」、「道」三重考驗，才可顯示其眞價値，否則何足貴？

談到利，利之所在，人爭趨之。「攘利惟恐不先」，原亦世人的通病。唯君子罕言利，即言利，亦必以利人利國爲先。以言私利，則必嚴義利之辨，不義之財，雖一介而不取。小人嗜利，貪婪無厭，巧取豪奪，無所不用其極。而所攫得的財富，徒逞個人的窮奢極慾。日食萬金，猶嫌無下箸處，其小者也；兩百萬元養一條狼犬，也竟然昂首驕人。想到有人將其門首所懸「內有惡犬」的「犬」字，改成一個「人」字，不禁歎爲神來之筆。

功利思想的目的，一種是利己，一種是利人，一種是利己也利人。我們雖不必硬性以范仲淹「後天下之樂而樂」爲標竿，學習那個樣子的恬淡謙退，但是「獨樂樂不如衆樂樂」，實在是句很有道理的話。寄望追名逐利的朋友，上半夜無妨一心想著「利己」，下半夜也應該想想如何「利人」。那麼，這個社會就很美麗了。

芝蘭與鮑魚

「與善人交，如入芝蘭之室，久而不聞其香；與惡人交，如入鮑魚之肆，久而不聞其臭。」這一段中國哲人的格言，是警告我們要愼於交朋友，假如你交上一個有多重劣根性的壞朋友，久而久之，感情矇蔽了你的羞恥心，那多可怕？

沒有人不需要朋友，正如我們需要飲食一樣。因爲人不能遺世而獨立，每個人面對的是一個朋友的世界。沒有飲食，勢必無法忍受生理上的饑渴。而沒有朋友，精神上的饑渴，將更加難以忍受。很多事，我們儘管不怕天下人的誤會，但必求得朋友的諒解；也儘可不管天下人的毀譽，但不能不重視朋友對你的批評。

交友之道，凡是從利害和事功上著眼，是不可靠的，一旦利害關係不存在，什麼朋友也就完了。只要看那些慣於欺騙狡詐形同盜匪的人物，那一個不是爲了利害而交結？

眞正的朋友要從至情至性中去找，乘車戴笠之交，兩脅挿刀之交，都是至情至性的表現。他們講道義、重信諾，在你失敗時，對你有幫助、有安慰、有鼓勵。在你成功時，警惕你、督促你，不惜進逆耳的忠言。這才算是眞朋友、眞知音。與蛇鼠一窩的酒肉朋友，是不可同日而語的。

熱鬧與寂寞

喜歡熱鬧，生怕寂寞，是人之恒情。

做人很多地方，很多時候，很多事，都需要有股熱鬧勁，讓場面和氣氛都整得暖烘烘地，大家和諧融洽，真摯快樂；個個感情奔放，生氣盎然。這樣才顯得人生充滿美好的積極意義。

寂寞是孤獨寡陋的代名詞，是精神上困頓於或貧或病的象徵。離羣索居的時候，眾叛親離的時候，與鬼爲鄰或眾醉獨醒的時候，都會陷人於寂寞。又常見有人孤芳自賞，慣於自築樊籬；有人記仇記怨，渾身是刺，老看別人不順眼。這兩種人也天生命該寂寞。

其實，熱鬧離不開繁囂雜亂，還不可避免一些虛僞、矯情和無聊的鬥爭意味。紅塵十丈，熱鬧中又含有多少醜惡骯髒。然則熱鬧有甚麼了不起？久處熱鬧場合中，最能襯映心靈的空虛，令人意亂情浮，心煩氣躁，引來許多摔都摔不掉的苦惱。

至於寂寞，也有多種類型，並不全部等於憔悴。想到寂寞能生寧靜，寧靜能致遠思，悠然飄然，怕不也是一種難得的享受。否則，怎麼會有人自甘寂寞，逃形於空谷？可是在空谷中久了，聞人足音，卻又跫然以喜，實在是非常可笑的矛盾。

要統一這個矛盾，惟有在熱鬧中甘於澹泊，在寂寞中甘於寧靜。望著壁上楊震夷先生畫的愚丘和尚詩意：「心似古潭憑活躍，信知無響亦無波」，這種光潔空靈的襟懷，區區竊心嚮往之。

快樂莫如朋友多

人生最快樂的事，莫過於擁有許多意氣相投的朋友，彼此相處，不涉及利害關係，不感到是一種負擔和壓力，而且也不因時空的疏離或境遇的變遷而變質。

記不得是在哪本書裏讀到一則諺語：「一月無朋友到門，其人必窮；三月無朋友到門，其人必賤；一年無朋友到門，其人必死。」這話可能過甚其辭，也無妨更作多種彈性的詮釋。但仔細想想，實在非常近理。一言以蔽之曰，就是做人絕不能沒有朋友。

我不知道沒有朋友的日子怎麼過。天幸我有很多要好的朋友，有的交情累積了幾十年，有的新近才交往。他們或長於我，或年輕於我，或年齡相若。這些寶貴的友情，不膩也不淡，卻給予我許多教益和快樂，如果要繳所得稅的話，會讓我感到無殊億萬富翁。

現代社會結構，不像以前單純，朋友過訪，也不如已往那麼隨意。但隨時可以通電話，也隨時可以約會見面。雖遠隔重洋，一通越洋電話，近如咫尺；魚雁往還，更是最好的傳達友情的方式。形式或稍有不同，而質並未稍變。

朋友相處，貴以誠相見，我們常把「肝膽相照」一辭，用來形容最高貴的友情。使我想起潁州頓氏〈鏡銘〉的兩句話很有意思：

「同心相親，照心照膽壽千春」。

這兩句話，把它移來作爲交友的座右銘，應該也很恰當。除此以外，我覺得眞純深摯的友情，就像一座精緻的珍貴的水晶製藝術品，我們必須特別小心謹愼的善加重視，雖然它不是那麼容易破損，但妥爲寶愛呵護，仍然是非常有必要的。

尷尬年齡

兩個月前，正式接獲限齡退休的通知，不禁摸摸腦袋，用力向空中揮了兩拳，還眞不怎麼相信忽然就老了。

是「發憤忘食，樂以忘憂，不知老之將至」麼？我，當然不够格拿孔夫子這句話來自擬。可是大半輩子在坎坷憂患中過來，讀書發過憤，工作發過憤，娛樂也發過憤。發憤而忘記吃飯是常事，忘記現實的憂苦則甚難，卻也頗能發生相當程度的中和作用。

內人與我自相識到相處已六十年，生活步調和人生觀本來不甚一致，久而久之，居然差距越來越靠近，難得的是兩人都能渾然忘老。問題是主觀的不服老和忘老，都扭不過客觀的認定。

記得十四歲閱讀一部駢文小說《燕山外史》，中有兩句酸不溜湫的話：「白髮頓添我老矣，青春不再汝知乎？」今天想起，才算認眞體味出這話的味道。嗯哼，我頭日已禿，妻髮日益白，想再「穿青年裝裝年輕」，恐怕會鬧笑話。

其實，老了也沒有什麼不好，所有老年人都曾經年輕過，所有年輕人卻未必都有把握活到老，「老」也應該代表一種成就。只是我輩剛走到由「耳順」到「從心所欲」的中途站，年輕朋友看我們是老頭子，諸多不搭調；而眾多壽登耄耋的長輩，又看我們年輕得緊，實在是最尷尬的年齡，比「少年十五二十時」尷尬多了。

藝術贋品

世界上有過許多製造藝術贋品的人，他們本身就是藝術家。如宋人米元章，即出名的擅長此道，他常借閱友人珍藏的書畫，以自己仿冒的贋本還給朋友，眞跡卻自己保留下來。去年故世的張大千，青年時代也曾僞造過石濤的畫，瞞過當年好幾位滬上著名的收藏家。他們造假畫，似以炫耀自己藝術造詣作爲遊戲的成分居多，當然也並不排除另有不純動機的可能性。不過無論造得怎麼天衣無縫，最後還是有穿幫的一天。此所謂眞的假不得，假的眞不得。

世界上爲什麼會有許多藝術贋品的製造者？這要從許多顯貴富商喜歡附庸風雅的心理談起，他們名成利就，志得意滿，獨缺幾根雅骨，唯恐被人譏爲俗濁不文，乃藉名人字畫裝飾門面，襯托身價。於是藝術贋品的經紀人應運而生。此輩活躍於闊佬與藝術家之間，製造贋品，買賣贋品，幹這行的，過去有個專業名詞叫「骨董鬼」，他們才是幕後眞正主持人。動手僞造的所謂「藝術家」，只是被骨董鬼玩弄於股掌之上的可憐蟲而已。弄得好，他們可以拿到幾文窩囊錢，弄不好，連名譽也賠進去，法律責任可能不嚴重，卻要以人格和自尊作代價，可說最不划算。

造假畫是一樁見不得天日的醜事，過去臺灣也發生過不少假畫紛爭，當事者大多力避張揚，想見尚有幾分羞惡之心。晚近世風大變，而竟有人公然自承「作假畫二十年」。造成疑假疑眞，肯定與否定兩難局面，使另一位畫家陷入前後都是陷阱，目前僅能寄望法院的「秦鏡」，能把這齣「眞假潘金蓮」判出一個結果來。

這種作法，稍有識見的人，除了搖頭三致太息外，實在無法用婦人之仁去寄予同情。三代以下，誰不好名？但名之爲物，必實至而後名歸。造假畫究竟不是光榮的事，幹了二十年早該倦鳥知還。要做一個有成就的藝術家，應該運用創作的手，忠於自己的心靈，而且要從學問和修養上多做工夫，不然，畫一輩子也只是一個畫匠，再有名也減低追求藝術的眞實意義。說這些「多烘」話，無非是基於惜「才」之一念。現在起步，猶不嫌遲，希望十年之後，藝術圈會有一個「射虎屠蛟」戰勝自己的嶄新奇才出現，爲藝壇特製一段佳話。

最後引用曾文正公一句名言：「唯誠可以破天下之僞！」作爲對另一位知名畫家的慰

勉。並奉勸所有學藝術的青年窮學生，以此爲鑑，再窮也不要做「骨董鬼」的奴隸，替他們製造藝術贋品。

肉食者的懲罰

平生貪口腹之慾，自詡爲美食家，由於自幼飲食吸收的營養價「酸鹼度」極不平衡，不知早在什麼年代就罹患了膽結石症。

最初發現它是在十二年前，半夜發作，腹痛如絞，咬牙切齒，汗出如漿，俯仰呼號，淒厲可怖。家人友好立送醫院急診，經X光照射，膽囊內竟有一顆狀如核桃的結石。

西醫對結石唯有手術割除之一法，我當時深懼刀圭之苦，猶疑不願接受這一「霸道」措施。恰好有位西醫是著名的胃腸科權威，與我素日交好，深知我最怕開刀，悄悄對我說中醫有「服藥化石」的辦法，往往有驗，儘管與西醫立場有違，仍殷殷教我不妨一試，等沒有效時再開刀不遲。

花了一點工夫，打聽到有位中醫，擅治此症，欣然前往就診，醫師說結石過大，恐非短時可奏效。我說果能化去，雖三年又何妨？於是先服藥一百劑，百日後去照X光，居然缺去左上方一角，估原有整顆結石五分之一大小。此後，醫師三次更換處方，要我繼續煎服，直到全部化除爲止。

可憐，一碗又一碗的黑色苦水，刺鼻的怪味，一早一晚，再難喝也得硬灌下去。加上煎藥時的痲煩，「水兩碗煎至八分」，隨時要人守候，否則煎乾了，又得廢棄再煎。如果沒有相當耐力，眞難忍受中醫這種「王道」的慢勁。

我對這位醫師已有信心，把這種苦水連續喝了一年六個月之久。這段時期，又頗能善自調攝，也不再視青菜水菓如寇讎。所以精神體力，十分健旺。自己想當然的以爲這顆結石大概化得差不多了。

我逐漸開始公私繁忙的生活，沒事還要找事做，一刻也不想閒下來。大概是對長期煎服中藥產生了一種厭倦和逃避的心理，說實在的，五百五十天，眞也「煎熬」得夠了。因此以後老是用「忙」爲藉口，而竟沒有再去看醫師，沒有再去照X光，就斷然不再繼續喝那按日兩碗的苦水。心想萬一再有症狀發生，再去喝它就是。

一晃過了十年，沒有任何不適，去年偶有腰背酸痛，針灸兩次，也就好了。今年五月中旬，忽然感覺間日有輕微腹痛，起先一直隱忍，照常上班，照常做些額外工作。到六月初，腹痛寖劇，且蔓延到腰背間，這才急急跑到某軍醫院診治。經X光照射，發現原有核桃大的結石，已化成兩顆花生米大，一顆仍在膽囊內，一顆卻跑到膽管內去了。因膽管阻塞，引起了急性發炎。

主治醫師與我也是十餘年老友，我原擬再服中藥，因他詳細替我檢查診斷，認為膽管阻塞，利在速治，加之膽囊已因萎縮而有功能衰退現象，即算結石或可服中藥化除，但日久終成廢物，勢將引發其他病患，為一勞永逸計，不如乾脆割除為妙。又經兩位同病「先進」現身說法，再三打氣，於是毅然接受手術治療。

手術進行十分順利，後來我才知道，全部過程，從準備、麻醉、開刀割除、縫合，到恢復，總共歷四小時。十一時半，我已清醒過來，被推回到病房。

這次等於作了一次胸腔和腹腔總檢查，主治大夫說我本錢很足，只有四十八小時，我就自己下地，一個禮拜後傷口拆線，繼續住了兩天便平安出院了。回家休養了四週，體力迅速恢復，體重原來減輕了七公斤半，現在又增回了三公斤，心境一開，精神顯得比十年前還好。

這場病，我是採用「王」、「霸」雜治的辦法治癒的，說句笑話，頗接近漢武帝的治術。就「時宜」言，當初走中醫「王道」的路線，應該沒有錯，可惜「為山九仞」，未能堅持到最後五分鐘，以致十年後成為我的心腹大患。迫不得已，最後採用西醫的「霸道」辦法，「操刀一割」，才算澈底割除了這一禍根。我這病前後拖了十二年，吃足了苦頭，細想起來，實在是老天爺對我這肉食鄙夫應有的懲罰。

第四輯　附錄

不老的詩心

——評介夏鐵肩的詩觀念

黃文範

我國報紙的副刊，一向在文學史中，佔有相當的重要地位，但受到的誤解也最多；擔任副刊編務的人，不但任勞，還須受怨。以《中央日報》副刊來說，在各報中歷史最爲悠久，但有人評論說它：歷年主編，較有名氣的也不少，但總是敵不過世俗的力量……以幾位有名氣的來說，盧冀野遭趕進了舊文學的圈子；梁實秋先被譏爲「不抗戰」，再邏輯成「漢奸」；王新命則編成了政治工具；孫如陵竟成爲扼殺新詩的劊子手……

近代評論家而有這種觀點，在我來說，頗覺訝異。遠的不敢說，我就曾經在孫如陵先生任內，在〈中副〉參加過編務數年，卻從來沒有聽「孫公」——中副編輯對孫如陵先生的尊稱——對新詩有什麼挑剔的指示。而且，使我記憶猶新的是，余光中的詩最先在〈中副〉發表；還因爲他寫「颱風」中的雷聲，引起讀者投書質疑過，認爲颱風期中何曾有雷聲？但後來我卻的確在颱風侵襲期中，聽到過雷聲，才知道詩人的摹寫並沒有錯；朱偉明初寫他「愛戴飛行的圓盔，拋卻學士的方帽」，也發表在〈中副〉……

所以認爲〈中副〉扼殺新詩，事實上並沒有根據。

尤其在〈中副〉擔任執行編務幾達二十年的夏鐵肩兄，更是一位詩人，不論新詩舊詩的評論、賞鑒、寫作，三方面都是「優自爲之」的高手，在當前認爲罕有。因此，他沒有任何門戶之見，所以〈中副〉自始至終，對新詩的大門永遠開敞著的。

在上官予的〈春至〉中，鐵肩兄便道出了他的詩論：

「最精緻美好的文學作品莫過於詩，無論傳統的與現代的，東方的與西方的，都一樣引人入迷。

詩是表達內心感興的文字，充滿眞摯的熱情，猶之乎經過提煉出來的思想靈魂一樣，精微密實，新鮮活躍，是生活的反映，是靈性的象徵。它有極強烈的傳染性，發抒出來就可以傳染別人，沒有時空的限制。讀李白、杜甫的詩，千載以下，可以感受他們的快樂與苦悶；讀雪萊和拜倫的詩，東方人照樣可以體會他們的憂怨與憤怒。

詩是最早的文學，相信在沒有文字以前就先有了詩。它與語言幾乎同代而生，結胎於歌唱，蛻變而爲詩。歌唱與詩不太容易分得開，完整的詩是後來在不斷變換時裝的產品。最早的詩，樸質無華，不拘泥於形式，著重自然的音節，完全是眞信實感的流露，近乎『天籟』，詩的眞正精髓就是這樣。」

因此，他對任何詩體，都沒有排拒：

「我自己不常作詩，也很少參加詩人的活動，但交情很好的詩人朋友，分屬新舊兩個不同領域的都不算少。我不贊同傳統詩人鄙薄現代詩，也不喜歡現代詩人非笑傳統詩。那樣無異硬要把自己一隻眼睛蒙住，沒有什麼道理。

我認定詩是感情與文字的組合，形式只是骨架，主要在有沒有一顆詩心。能有一顆詩心，文盲說的話往往都會是很好的詩。所以詩不必論新舊，只要論好壞。

我對詩的愛好，有一種十分虔誠的心情，不管什麼形式體裁，都會誠心誠意去求得認識和了解，絕不堅閉固拒，存任何狹隘的門戶之見。這樣有一個好處，我可以自由出入於一個幅員廣大，千門萬戶的詩的王國，得到許多會心不遠的樂趣，成爲這個國度最愉快的觀光客。」

他謙稱自己不是詩人，但確實很喜歡詩，也特別關心一代的詩風和詩運，五十幾年代的《創世紀》，正引介法國超現實主義詩派理論，並且進行實驗，一時在這本詩刊上出現許多形式怪異、詞意晦澀的詩，引起了一番論戰，〈中副〉便是論壇之一。他站在至公至平的立場，容納雙方的舌劍唇槍，而認爲這只是種冒險求新的表現，但也是一條難走的坎坷路，闖這條路的詩人會得到寶貴的經驗，轉化成未來創作的最佳營養，他這種「化作春泥更護花」的態度，使雙方面都心服口服。

他的國學造詣極深，對舊詩的賞鑒極高，年輕時就能背誦《李義山全集》。開放探親以前，家鄉堂弟集義山句來問他「歸期」，他在一夜之間，集了六首作答，若非熟讀萬首，不可能這麼輕易成詩的。

答十二弟

十二弟輾轉寄詩，別無書字，題爲「十一哥生日寄懷」，集玉谿句也。其一云：「木棉花暖鷓鴣飛，十二峯前落照微。遠路應悲春晼晚，每朝珠館幾時歸。」其二云：「悵臥新春白袷衣，殘燈向曉夢淸暉。南塘漸暖蒲堪結，留待行人二月歸。」余二月生，弟九月生，從兄弟間，情好最密，少時隨毓楷六叔學詩，互以背誦玉谿全集角勝。民國三十七年，余自北平携眷南飛，弟在津沽，陷賊中不得脫。今之否隔，友于同憂，蓋三十四年矣。所寄詩依依有姜被之情，細味疑被迫作「統戰」者，心甚惡之。因更集玉谿爲六絕句，直抒胸臆，不煩郵達。

巧笑堪知敵萬機，楚天雲雨盡堪疑。
東西南北皆垂淚，君問歸期未有期。

昔年相望抵天涯，少得團䜌足怨嗟。
萬里重陰非舊圃，不勝君勸石榴花。

萬樹鳴蟬隔岸虹，西來雙燕信休通。
秦中早已烏頭白，十二玉樓空更空。

赤鱗狂舞撥湘絃，長遣遊人歎逝川。
若道團圓是明月，可能留命待桑田。

玉梯橫絕月中鉤，懷古思鄉俱白頭。
何處更求迴日馭，洞庭湖上岳陽樓。

遮掩春山滯上才，年華憂共水相催。
天津西望腸眞斷，安得好風吹汝來。

及至開放探親以後，他在七十八年回到一別四十多年的故鄉，感觸萬端，中情如沸，而在除夕夜萬戶爆竹聲中，終夜不寐中，寫了一首五言七十韻，都以入聲入韻的長詩，觸懷興感，傷國憂時，極有史詩風旨，友朋間都爭相傳誦，如：

還鄉仍是客吟

歲杪歸鄉探親，聞見所激，中情如沸。觸懷興感，長吟七十韻。民國七十八年農曆除夕夜成章。

羈旅四十年，鄉愁密如織。洞庭好春光，嶽麓好秋色。
風物厚而醇，釣遊恣放逸。狂簡少年時，千村誰不識？
擊鼓激壯心，荷戈赴前敵。淅贛皖蘇閩，轉戰無虛日。
鐵蹄破長沙，西馳衛家邑。率我子弟兵，誓殲東鄰賊。

勝利復金甌，解甲重橐筆。單騎萬里征，迤邐出塞北。
兩載搏風沙，刼火關外熾。民命賤如蟻，玄冰色轉橘。
正氣黯金陵，神州慘然墨。大將但偷生，元士悉股栗。
狂瀾成巨浸，忠鯁百不一。河山空錦繡，旦夕揷鐵鉞。
仁者誠有勇，靈根瀛州植。泛海建方舟，彩虹雲頭立。
我本楚狂人，矢志堅金石。赴義慨而慷，南飛淚沾臆。
華年傷蹉跎，所遇屢挫抑。惟守歲寒心，紛紜弗稍惑。
白頭誓不歸，腐心痛之極。未敢望韋莊，腸斷湘靈瑟。
親情一縷牽，孰能若無覿？探親比探湯，勢機乘一隙。
道路阻重洋，飛身有羽翮。朝發蓬萊島，暮抵瀟湘澤。
山容與水容，朦朧非舊識。故園陋何如？華屋餘荆棘。
奢言建設新，鬧市燒梧葉。三信窺危機，四化概虛飾。
當權擁特權，政術僵如鐵。訪舊半為鬼，姻戚多放黜。
刼餘或倖存，吃吶每諱疾。婉孌統戰人，腹劍口流蜜。
皮嘻肉不笑，呼我臺灣客。一聽血賁張，再聽如蜂螫。

率性批其鱗，驚雷彼頓默。六四天安門，民運任殘刻。
骨碎身為泥，自由不可得。人怨怨沖天，天怒怒叵測。
新株日日生，時潮捲地渤。刀老終須斷，政暴終須滅。
還鄉月如眉，拂袖月猶缺。來去不兼旬，世局變何劇？
東歐倒骨牌，極權敗可必。廻首望崑崙，千山蘊珍璧。
江漢流湯湯，懷珠億萬億。地大物菁華，舉世其誰匹？
軒轅之子孫，百代承恩錫。奈何不肖子，竊國久失德。
槍桿出政權，民命豈遑恤？臺澎復興島，地狹英才集。
悠悠四十年，歷歷皆橫逆。憂患縱瀰天，高明此柔克。
前哲多苦心，孤孽當奮惕。坐傷世風頹，攘攘功利急。
駭緣壓驚紅，荒淫肆豪闊。衣冠喪其守，耆舊忘其格。
國魂邈難招，綱維苦渙失。羣小逞凶鋒，倡言謀獨立。
蝸角作道場，朋姦實民賊。惡謔羞南明，漢唐重統一，
薄海望郅隆，康衢待新闢。
吁嗟乎，兩岸中國人，前路將奚適？

吁嗟乎，伊誰志澄清，曠代瞻人傑。
吁嗟乎，俚句發希聲，聊以抒鬱結。
吁嗟乎，到老莫還鄉，還鄉仍是客！

這首長詩充滿悲憤的感情，充滿了愛國憂時的鼓吹。然而，早爲人知的，便是詩人在新詩方面的作品。

六十九年五月，詩人古丁創辦的《秋水詩刊》向他索稿。他寫了一首題爲「海夢」的詩，詩前，引述了《莊子・秋水篇》的幾句話：「南方有鳥，其名曰鵷鶵，子知之乎？」全詩十三小節，每小節五行，詞旨雖帶幾分隱晦，卻是詩人托古諷今，對詩壇的一些感慨：

海夢

南方有鳥，其名曰鵷鶵，子知之乎？
——《莊子・秋水篇》

鵷鶵如一葉核子動力的飛舟
渾身羽翼全是精密的雷達

巡航在不見涯際的海空
從北溟到南溟
作自由主義者的逍遙遊

鵜鶘飛掠百丈洪波的頂峯
起降如一顆靈動的音符
在海的五線譜上寫出東方的神曲
兩翼挾著超強波的電眼和電耳
攝錄海上眞實的音響和影像

眼見屈靈均的座車掠海而馳
宋玉在車後向司馬相如招手
這位統領八海的海伯變得傲慢了
燕尾服的襟口上挿一朶荷菱
仰著桂冠向西極疾駛而去

李太白多早晚都是醉醺醺的
這個說大話的詩人在海上釣鰲
擴音機播出他的〈懷仙歌〉與〈飛龍引〉
杜子美直讚美老友那份跋扈的豪情
眼睛卻斜瞟著船頭那一箱白蘭地酒

鮫人從馬里亞納海溝中探出頭來
李義山接過一袋眼淚做的珍珠
惘然地輕拂音調憂傷的錦瑟
李長吉凝望那個舞弄金環的海女
也和聲太息自己追不回的年華

韓文公害著嚴重的暈船病
四顧茫茫秋水深悔這一趟遠遊

王建告訴他故鄉的池水乾了松樹死了
安慰他祇有有水的地方才不愁貧窮
不要老吟誦那一首煩人的將歸操

海風捲起翻飛的旗影
黃昏的霧海有一萬種淒迷
溫庭筠習慣地叉手又叉手
尖著嗓子演講荒唐的浪漫主義
成百海東青是他的擁戴羣
紫外線透過夜海的暗礁
攝下鄭聲當令的時刻
攝下桑間濮上之音流行的時刻
攝下楚歌囂張的時刻
攝下錢牧齋鼓吹現代詩的時刻

鏡頭又化入另一個動人的場景
范仲淹以秋濤浣洗他的憂懷
讓履霜一操的琴音伴奏那闋〈漁家傲〉
蘇東坡不斷爬梳著他那把大鬍子
用整瓶的荔枝酒澆他的塊壘

狂飈使岳爺衝冠的怒髮更憤怒
向海天發出的長嘯更懾人心魂
零丁洋的濁浪不斷撲擊著惶恐灘
有文天祥悲壯的歌呼陣陣迴響
獨放翁猶自癡候北定中原的家祭

九天之上傳來一道綸音
天既生仲尼，絕沒有萬古的長夜

愛情永遠是生命的能源
正義永遠是自由的鈾鑛
詩三百篇將發射永恆的人性之光

鵷鶵終於飛越過黑夜的盡頭
又見金龍把旭日自咸池中推出
百隊長鯨鼓浪作莊嚴的前導
赤道流與兩極流相互沖激
海水遂沸騰如震響的奔雷

海是宇宙的詩，詩是文化的海
詩海匯集無數感情與智慧的涓滴
詩的文化是寂寞也不寂寞的文化
鵷鶵遊目於詩的文化的海上
耐性尋覓蒼龍和彩鳳的吟嘯

最近，他歸隱山林以後，對詩仍有一份執著的戀情，〈晨起〉和〈山中傳奇〉兩首小詩，精微密實與新鮮活躍，反映了鐵肩兄一顆不老的詩心和他的情致與文采：

晨　起

推開亂針繡的軟枕
聽冷氣機蓋上的滴瀝
拉起那扇淺紫色的百葉窗
遠山像在大衛魔術下突然消失

幾處山莊伴著幾株春樹
飄動一縷縷灰色的閒雲
清泉流過山溪
有如哀絃的嗚咽

朦朧裏，杜鵑花透著血紅
意念中的湘水碧波
印象中的長堤楊柳
尚堪渡河去攀折一枝否

山中傳奇

山中的氣候是一部傳奇
鎮日交替相異的陰晴變化
離離原上草翻起漣漪
林花飄灑著芳菲的紅雨

每一聲輕柔或剛烈的音聲
都是令人細味深思的天籟
經晨昏而歷子夜

何難匯集千百種歡悅與憂傷

晃蕩著高腳杯裏的芳醇
對準麥克風噴吐心曲
華燈眨巴著眼睛
似窺探人們掩匿的秘密

唯智者勇於登上眾山之巔
默察宇宙風雲的詭變
靜待萬道金光騰空而起
驀地激響連串的霹靂

當驚雷收斂了餘怒
春風永遠顯示菩薩的心腸
曾被野蠻史冊壓扁的精魂

將化為億萬出土的麥子

山靈是啟發人類智慧的先師
日月星辰是恒久公義的見證
設想要三千年才能成熟的仙桃
伊誰有囊括萬卷藏書的腹庫

——八十一年五月三日《臺灣日報》副刊

薑是老的辣

——賀夏鐵肩先生榮獲「榮譽文藝獎章」

劉靜娟

以前他在〈中副〉，我承他鼓勵，稿子承他指點；後來他退休，我向他邀（逼）稿，每次歡喜他稿子的內容紮實，筆調嚴謹——以一個文藝晚輩這麼說不大妥當；我是以一個看到好稿就很開心的編輯身份這麼說的。

也許該怪我孤陋寡聞，以前幾乎不曾拜讀他的大作——只除一二評介及研究相命的《人倫大統賦新釋》；潛意識裏有一份「傳統」想法：老一輩不創作的文人，雖然滿腹經綸，改改稿游刃有餘，尤其有些關鍵辭句更見功力；但真要自己寫作，怕也只能寫寫硬硬的論述文章吧？也許還夾著酸腐氣呢。事實上，有些前輩，即使不間斷的寫，現在寫出來的作品也不免老氣橫秋，不大合乎潮流了。這是沒有辦法的事。

可是夏鐵肩先生——鐵陀的散文和他的人一樣趣味橫生，平易感人，每每收到稿子，就要對幾個與他相熟的朋友打預告、做廣告。

〈從蒲扇到冷氣〉，由民國三十八年初來臺灣靠蒲扇驅蚊驅暑，四十二年選購了一臺順風牌電扇，到五十五年用分期付款（還得要保證人）買了一臺兩噸半的冷氣機……。時代的變遷，具體生動地展現。「客廳裏有部電扇眞好，客人來了，聊天喝茶，主客都會覺得很受用。有時候孩子們在外面玩倦了回來，臉紅紅的一身臭汗，搶著站在電扇前面猛吹，口裏直呼過癮，我們瞧著也很樂。」白描的文字讓人很感動於物質不豐裕時代的幸福。

〈老爸的心曲〉寫他對兒女們的寵愛。他自己的童年是在備受呵護的溫室裏度過的，八歲時又讀過一篇名爲「懺悔」的譯文。寫的是這位父親因自己對孩子太吹毛求疵而自懺。……所以做了父親後，夏先生不在乎被妻子責怪「放縱」孩子。其中一段提到老四特別不喜歡算術，小學畢業考兩年都沒考上初中。她在爸爸書桌上留千言信，說她決定不再升學，專心在家讀國文，上午去學畫，下午去美爾敦學英文，學好英文學好畫，國文也有了根柢，將來一樣能有成就云云。「到了傍晚，我單獨叫她和我一起去散步，起先我表示贊同她這個想法，她立即一掃臉上的陰霾，大談她的抱負和理想，越說越高興。當朝原路回頭走的時候，我故意『呀』了一聲，然後說：這樣雖然很好，不過有個問題你得再考慮一下。……『臺灣戶籍法規定年滿十四歲就要領身份證，證上有學歷一欄，你願意學歷欄內一輩子塡寫「小學畢業」四個字嗎？』……」接下來他爲女兒打氣，建議她去讀一所「校長是爸爸的同學好友」的私立學校。……六年後，她考上了大學理想科系。

學教育、學兒童心理的很可以拿這一段來當教材。而我喜歡的是那「呀」的一聲。它傳神極了！讓我想到他言談中擅用的轉折、懸疑，讓人在怔忡領悟之後會心而笑。

夏先生由〈中副〉退休後，幾個文友偶爾聚會便約他一起聊天。五六個人中他是唯一的長輩，風趣頑皮的性格與晚輩較量，卻有過之無不及，所以我們恭封他爲「幫主」。幫主的國學根柢非我們所能望其項背，連說笑話都很有學問。有些笑話與詩詞文學無關，也虧他經歷豐富，記性、口才極佳，讓小聚增添不少趣味。

而拜讀他的作品，閒閒寫來，也不時讓人品味沉潛的幽默。「五十年代初期，四個蘿蔔頭都還小，每次出門看電影、逛公園，坐在三輪車上就像堆饅頭一樣，成爲街上的奇觀。」「那年頭租房子住，空間小，孩子們便向外發展，每天不是三個小的受了鄰家孩子的欺負，哭哭啼啼回家，就是老大欺負了鄰家小孩，大人跑來告狀，妻便在老大的頭上鑿栗子，弄得大小一齊號哭。老大如今年近知命，有時闔家歡聚，還不時談起童年往事說：『當年老媽年輕力壯，鑿起栗子來，眞是顆顆堅實。』老么調侃地說：『你這個老大算是生逢盛世。』」處處令人莞爾，回味再三。

有時「出題目作文比賽」，請他寫稿。對我的編輯工作很熱心的周會問：「幫主的稿子寫來了沒有？寫得好不好？」我的答覆「只好」是：「沒辦法，薑是老的辣。」

老薑，是經過時代磨練出來的。

他不只一次跟我們談起抗戰初起逃家從軍的故事。那時他投考軍校的消息無意中洩漏後，怕被家人找到，一個人躲在小客棧裏。聽到一點動靜，便躲在蚊帳後面，大氣也不敢喘。天氣熱、蚊子多，幾個鐘頭躲下來，全身大汗。給蚊子叮著，不敢拍打，只能用手輕輕去摸。確定追踪的人去遠了才敢出來，兩隻手全是被蚊子吸的鮮紅的血。……又餓又倦時聽到附近部隊收操的號角、高唱「大刀向鬼子們頭上砍去……」，頓時熱血沸騰。……

他還會說起民國二十八年，新聞研究班第一期在重慶沙坪壩結業，他與同學被分派到各地編辦《掃蕩簡報》，憑一部收音機和一部手搖油印機，按時出版一張八開油印報紙。後來他擔任戰地採訪，除每日電訊報導戰況外，亦寫戰地特寫。三十年年底，在西天目山爲青年營的學生講課，住在風景優美的普照寺，生活一如修行的頭陀，開始以「鐵陀」的筆名寫文章。……日寇攻陷長沙時，沒來得及撤退，避居鄉間，號召閭里，組織了一個千餘人的游擊隊。後來奉編爲第九戰區河西自衛總隊，任總隊長，再改編爲突擊縱隊，任司令。……抗戰勝利後解甲歸田，任「寧鄉民報」總編輯，兼「新」「舊」兩個副刊的主編。……

國家多難，那年月似乎人人都有一部長長的故事。而夏先生由年輕時即寫新詩、寫四幕長劇、辦報、辦《文藝月刊》，來臺後在「自立晚報」擔任報社主筆、獨資辦《今日臺北周刊》，到民國五十九年應聘到「中央日報」擔任主筆室撰述兼〈中副〉編輯……，與新聞界、與文藝界的淵源是夠漫長的了。

副刊編輯做的是幕後工作，但在多年的幕後工作中，夏先生以他豐富的學養、提携獎掖後進的熱心造就了無數作家。今年中國文藝協會把「榮譽文藝獎章」頒給他，讓我們這些曾經蒙他殷殷指導的晚輩都覺得很高興。

不過現在我們要倒過來催逼「鼓勵」他多寫稿。他能詩能詞，甚至連壽序、喜慶哀輓的對聯，都因爲寫得太好，以致很多達官顯要都不時央請他做應酬文章。那些舊詩詞，很遺憾我仰之彌高；因此不免自私地希望他還是多寫一些現代人普遍易接受的新文章包括——新詩、散文、小說。

畢竟經歷諸多時代變化仍創作不輟，仍未寫竭的人不多，而夏鐵肩先生，心境年輕，筆下幽默，有洞澈人性、人生的本領——他兩本有關相人學的《冰鑑七篇之研究》及《人倫大統賦新釋》曾被學校列爲「統馭學」重要參考書目，有源源不絕的新舊題材等他寫出來讓後生晚輩分享。

哭爸爸

夏立德

從儀式起始到末了恭奉骨灰罈往慧濟寺，腦子裏一片空白，沒法思考也沒有落淚，只有一股難以言喻的哀痛，壓得我透不過氣，胸口像是隨時要爆裂開來一樣。隨俗在黑傘的庇蔭下沉默地步上寺前臺階，和家人一道送父親走完人生最後一程，早父親七十二天離開我們家人的大哥或許早已接了父親，在另一個世界陪伴他。那個世界究竟如何，幽冥殊途，不得而知，我們一家在這個世界是感到天昏地暗、風雲色變的，悲傷之外更感到茫然和孤獨。一生不曾遭逢大禍，料不到會在七十二天之內，父兄先後辭世，朋友說今年是鷄飛狗跳年，我素來不信怪力亂神，但是除了委諸天數，似乎也別無解答。

父親一向硬朗，除了血壓略高之外，每餐依例要吃兩碗，從未有尙能飯否之嘆；心性平和，樂觀進取，常抱赤子之心，全然不知老之將至；相貌上齒長耳厚，怎麼說他都是該享高壽的。一月十五日大哥病逝，父親深受打擊，自此不時說他自覺眞是老了；或許是習慣他的清朗，全沒在意這樣的轉變。舊曆年除夕，父親一反常態，對麻將少了點往常的興趣，顯得意興闌珊，一家人早早就收場，各自返家，還沒上床就接藍姊電話，說是父親不適，頭疼腿軟，噁心作嘔。好在住得近，立時送榮總急診；當時全家只以爲是父親一向不知寒溫，不節飲食，又白天睡夜裏熬，晨昏顚倒，才把身子累壞的；短期住院檢查治療，大體正常，大家就都以爲沒事了，全沒料到這是中風的標準徵兆。直到三月六日凌晨再度病發，急診住進榮總，一天內三度清醒再陷昏迷，醫生診斷爲腦腔大量溢血，才驚覺事態嚴重。父親病中住加護病房，家人二十四小時在外守候，定時照料，但是任我們怎麼呼喚，父親始終不曾醒來，再多的淚水也洗不淨我們做子女疏於事親的罪衍。多少次夢中驚醒，只因爲從大哥病逝，噩耗總來自深夜；多少次嚇出一身冷汗，只因爲維生系統管路受壓或鬆脫而警訊大作，又多少次在醫生明白告知只有奇蹟才救得了父親後，還是燃起一星希望，只因爲父親在深度昏迷中，其實只是無意識動了一下手腳。這些煎熬在三月二十八日下午六時二十二分來了最大也是最後一次震撼——父親走了。

在處理父親後事時，思緒往往難於集中，常失神發呆，不能接受父親走了的事實，甚至怨他就忍把一切拋下，即使我做兒子的不成才，始終沒有如他的願，承繼他的志業，甚而對他得意的文藝事業完全沒有興趣，但他又如何丟得下他常相往來的親友，更如何捨得和他朝夕相處了一輩子的母親！我也常由一些小事中追悔，自責從前很忽略這位老人，特別在整理寄發訃聞名單時才發覺自己對他疏忽得跡近陌生，對他一生的事蹟和交遊只能從他的一些遺物遺作中窺知一二而已。

經過整整一個月的忙亂，父親的葬禮在親友的大力協助下，終於在四月二十九日完成，心理上雖然暫時鬆了口氣，但緊接著喪兄而來的喪父之痛，在忙碌過後，反而加倍啃嚙著我的心緒，特別是在夜深人靜，思慮比較清明的時刻，從前種種不斷湧現腦中，常常徹夜難眠。我想母親也是在同樣的心理狀態下比平常更早起來，經常是凌晨三、四點鐘，在父親靈前低泣，我們很難勸得動。作七是全家聚齊一起紀念父親的時候，雖有集體治療悲戚心境的效果，但在另一方面也是使這種痛苦有機會集中火力攻擊我們一家人的時候，任何一樁物事都能牽引出長串的嘆息和追思；每逢做七，我都喜歡負責燒金紙給父親，明知他不可能收到，但多少能滿足些補償心理，同時炙熱火焰的燒灼感也有甘於自我懲罰的心態。

對於父親喜歡的文學，我自認不是塊料，也不留意，就連父親的文章也很少讀，偶而他會叫我看看他的得意之作，通常也僅僅是看看，從不表示看法；有一回在他追問之下，淡淡地說寫得是好，只是太多第一人稱的口脗，似乎主觀了一點，文以載道，對於散文我沒有太多興趣。一時之間父親有些尷尬，只一會兒我發覺他一人在書房看著那篇文章的剪報，自言自語，大概對我的評語不以爲然。自此他再沒有拿他的文章給我看，頂多是問我他在某報有篇文章，我看了沒有。前些時翻閱父親的遺作，在《片麟集》的序裏看到已故的周錦周伯伯說父親爲文常常不能忘我，想起前面的故事，一時百感交集，心裏難過極了，等我把全集看完，才覺得在文學的領域裏，父親有太多我不知道的層面，以前對他的評語，實在是因爲不知道父親的「道」在那裏，未能忘我就是因爲他熱愛文學，絕對投入之故。談到文學，他在家裏是寂寞的。

像所有人一樣，父親的眞實個性在現實環境中有些轉變，但變得極少。在一些紀念他的文章中常看到開朗、親切、關懷，樂於助人的背後是父親變不了的赤子之心；他像小小孩子一式，對這個大千世界充滿了好奇和興趣，七十多歲的人在言行上沒有世故，也不設防，偶爾自覺受了委屈，沉默和一臉的困惑是他唯一的反應。就某些方面來說，父親有他的自負，而見諸行事又摻和了高度追求圓滿的企圖心，使他成爲不計毀譽，無論代價的理想主義者；更因爲他期待尊重和掌聲，往往反而含寃受謗，又不得不任勞任怨。一生如是並非他不自省思，根本在他的認知上就不以爲這其實是很傻的。雖然猜忖「迂拙頻遭反噬來」是他內心常有的感受，但是迷惑過後卻又再度我行我素。退休可能是解脫，也會是閒愁，以父親的個性而言，他感受到的是後者，只是這無關名利，他須要一個舞臺來繼續演出他理想主義的角色。文協陸秘書長說夏先生到文協，就連計程車費都不曾報支，這話並不就全然證明父親只是須要一個舞臺，因爲我深知父親自負的那一面還有「一生懷抱幾曾開」的痛楚。有些紀念文字說父親一派天眞那是中肯的。

父親有些收藏癖，特別是舊的，一些與我們家人有關的一些東西，就連一張小留言條都不放過，整理他的遺物時，常常失聲驚嘆，他怎會收藏這個東西，才省悟到他收藏的其實只是個情字；他寫給母親的打油詩，他送給我的一方象牙圖章，他平時的一言一笑，在在都是他豐富情感的表達，老天在造他時放了比常人多了許多的情，對於這些情，從他收藏的一些幾乎是廢物的小東西上看來，他實在是情多難捨，捨不掉就累積在他心中。我們子女偶爾送他一些他認爲是好的東西，他總不捨得用，在他書房中隨著歲月堆砌，如今睹物思情，這麼多的情，眞叫我們受不了。另一方面，偶著花色鮮艷一點的衣服時的靦覥，又見他的保守和含蓄。在母親的縱容下，父親頗好口腹之慾，去歲侍候二老返長沙老家，在叔叔家吃飯時，我曾提醒他少吃幾塊扣肉，當時他孩子般委曲的表情，除了讓我覺得他好可愛之外，如今回想起來又不禁泫然欲泣。常覺得父親頂適合生在魏晉做名士，其實他滿肚子的不合時宜，只緣他太多情，又生在今世。

對於父親，我這個做兒子的有不少愧咎，生時既無菽水之養，更少晨昏定省，病中病逝雖曾盡心，又於事無補了；特別是在父親四十多歲頂不得志時，有一天我記不得是爲了什麼事，突然對他說我將來一定要混得比你好，當時父親神情一楞，有些受創的樣子，總算他修養一向好，隨即恢復臉色，和顏說你是我的仔，你能有這志氣，要比我強，我很高興，但是我這一生不是用混的，任何人用混的都不會成功。這是三十多年前父子的一段對話，如今一瞬間我也四十多了，大約正是當時父親那個歲數，也正是自覺「混」得不是頂得意的時候，回想當年的情景，不僅加倍慚愧，更覺得五內俱焚。

三月四日中午，我恰好經過天母家裏，就上樓吃午飯，飯後父親要到文協，我因下午已與人有約，外加不順路，所以沒有送他。其實我知道他很想我送他，不是要省兩個計程車錢，而是一方面可過老太爺癮（母親的說法），一方面是他一貫覺得這是「我們父子可以順便聊聊」的機會。在決定不送他之後，當時我和父親都有一段短暫的沉默，一個是覺得有些不好意思，一個是感到有些委曲，然後就各自走了，誰知道這一走竟然就是他神智完全清醒時的最後一面，再送就是送他到慧濟寺，天人永隔了。

有一些談父親的文字，我感謝那些作家對父親的推許，但是我總覺得母親曾哭著說你們爸爸一生沒有鈔票，也沒什麼世俗看得上的成就，但大體而言，他是我的好丈夫，你們的好爸爸，是對父親最貼切的評語，讓我覺得父親仍在我們身邊，也永遠在我們心中。

永遠的老爹

夏藍

父親走了，我的心有著深深的哀慟與不可信。我怎麼能接受，高大、健康和堅毅的父親就這樣離開我們？短短不到三個月呵！家中失去了生命中最重要的兩個人，從白天到黑夜，時間依然流逝，儘管困頓至極，仍往往睜眼到天明。我深切瞭解世事無常，生命終有離去的時候，然而這樣突然，這樣殘酷的事實，我實在無法，也不願接受這樣的結果。白髮的母親，因思念父親，痛悼愛兒，竟日無法入眠。日益凹陷的眼神和面頰，看著讓人心疼，卻是萬般無奈。

她和父親携手半世紀，從青梅竹馬到兩鬢飛霜，他們相依相伴未嘗分離，近年來倆人的形容舉止更是彷然一致。去年是他倆的金婚紀念，而父親正接掌中國文藝協會理事長職務，多項事務繁忙，沒能抽出時間和母親共渡，於是應允母親，待今年哥哥安排好他的家庭生活，倆老即可放心計畫他們自己的旅遊行程。留在他們身邊，讓他們時時牽掛的女兒——

我，也因爲自我安排的能力受到肯定，老懷舒解，決定順其自然，由得我伴隨二老展開旅遊計畫。孰料晴天霹靂，竟爾一切尚未開始，這生活的天地就起了巨大的變化。

年初，唯一的大哥突因腦栓塞去世，父親猶自鎮定的安慰媽媽：「人生在世如同塵土在天際聚散，因緣而生，因緣而滅，而在未知的世界裏，我們仍有可能重再相聚，所以無須太過哀傷，仍然要繼續生活的常軌，把日子安排好。」緊握住爸爸溫厚的雙手，我深深相信，一切有他老人家在，我們會渡過這段傷痛日子的。

然而事實上，喪子之痛，豈是三言兩語就能寬解？他只是不想讓我們躭心，讓媽媽傷心，而將感情深斂在內心底處，他其實未能釋懷。哥哥走後的那些日子，他每天清晨即起靜坐練字，一寫就是大半天，待我下班回家，他會展示他的書法，告訴我，寫字是目前唯一能讓他心境平和的方式。白天如此，但當夜深人靜的時候，他的腦、他的心，卻負荷著深深的哀慟與思念，未嘗片刻稍息。即如他哀悼哥哥的長聯：

痛吾兒有才未展，遇合偏奇，俯視雙雛，六年鰥守，方期鸞膠絃續，新運重開，安知辛苦為人忙，力竭心枯中道歿。

念自身垂老多憂，情懷大減，思量八垢，長夜難眠，頓悟鳳紙綺言，時艱莫補，坐看滄桑追世變，天聾地啞直聲微。

眞眞是椎心泣血，叫人心碎。我深知父親對每一個子女的關愛，平日裏，我們幾個孩子稍有不適，他都憂心不已，這樣大的變故，他是更難接受了。

從小，我就喜歡和朋友談我的家庭，我的爸媽、兄弟姊妹如何如何，因此相熟的朋友，對我的家庭，父母及兄弟姊妹，雖不曾見面，卻是瞭若指掌，往往聽得興味盎然，末了再加一注腳「妳們家眞好！眞令人羨慕呵。」我也理所當然的欣然同意，我知道，他們最羡慕我的就是能和父母親如朋友般的來往。

直到上初中了，我還經常冷不防的往爸爸肩上一跳，愛嬌的要他揹，看看他的力氣有多大。父親一向健康、硬朗，背脊骨挺得直直的，即使那時我還是個小胖子，他一樣不費吹灰之力，笑呵呵的揹著我到處繞。他從不曾擺出嚴父的架勢，讓子女無法親近，而是如春風和煦般，使你自然的願意把所有心事，一一掏給他，經他一分析，天大的問題，似乎就不再那麼重要了。

用餐時是家人談心的最佳時刻，各種不同的家庭聚會，使大家有機會七嘴八舌的溝通，實在是全家最歡樂的時光。由於從小自然的訓練，幾個孩子都不會怯於表達自己的思想，也樂於接納別人的意見，應該算是我們家的特色吧！

幾個孩子唸書，成長的階段是家中最困苦的時候，每到註册的日子，爸爸就忙著四處籌錢，其間過程，倍極艱辛，父親從不曾提及，而是在若干年後，由母親口中方知當年爲我們幾個孩子，他所受的委曲。

高中考了兩年沒考上，家境又不好，朋友都勸爸爸，別讓孩子唸書了，找個事做，貼補家用罷！他堅持不允，到處想辦法給我補習。而經常掛在嘴邊的就是：「別躭心，我會想辦法，妳們只要專心唸書就成了。」其實他未必有十足的把握，但是絕不輕言放棄，是父親奉行的眞理，也因此達成了許多不可能的奇蹟，在艱困的環境下，讓四個孩子（注）一一完成學業，當時在親友的眼中，幾乎是不可思議的事。

他深深瞭解孩子天生貪玩、躲懶的天性，他憂心，卻從不曾表現在臉上，而是運用各種方法，逐漸引導我們人生的方向與讀書的興趣，自動自發的去努力。記得小時候家裏有塊大黑板，上面寫好每個人的名字，規定的功課——毛筆字和日記。寫完由他批改，打上等第，公告在黑板上，適時的予以獎勵，學校成績單不理想，他也從來是勉勵多於斥責，稍有進步，立刻就有獎品，增加你的自信。他就是這般細膩的教育著我們。

在〈老爸的心曲〉中，他清楚的道出他對幾個孩子的愛，和他的教育理念，在我們的成長過程中，一路行來都有他老人家在前引導，他對子女有著太多的牽掛，太多的不放心，而針對各個不同個性的孩子，他施以不同的教育方式，我生性迷糊，因此第一次上學，無論是小學、中學，乃至大學，都由他親自接送，考學校時，正值大熱天，他也不辭辛苦的陪考到底，我第一天上班，也是由他老人家陪著去報到，甚至第一次開車上路，都是有他老人家在旁爲我壯膽，其他幾個孩子，無一不是如此。我知道他是捨不得離開我們，因此他也難以承受大哥離去時的哀慟，在整理父親的文稿、舊照時，往事一幕幕浮現在眼前，不禁淚流滿面，情難自己。

父親個人的生活經歷豐富，一生的起伏也很大，但是無論是處逆境或是處順境，他都維持一個常軌，絕不放棄希望，時時保有赤子之心。處逆境時絕不怨天尤人，而是沉潛自修，他最常告訴我的一句話就是要不斷的學習改造自己，學習學習再學習，反省反省再反省，我想這是他以一個毫無學歷、背景，幾番起伏，仍能屹立不搖的主因，也是我最佩服他的地方。

到「中央日報」主編副刊應該算是他生命歷程中最快樂的一段日子，因爲那是他最喜歡的文字工作。往往在報社一待十幾個小時，看稿、審稿。他永遠顯得精神奕奕，神采飛揚。和當時的主編孫如陵伯伯相處融洽，並且引爲知己。記得初到〈中副〉時，經常工作到好晚，都忘了吃晚飯。而孫伯伯則由孫媽媽做了許多的菜，大老遠的由中央新村帶到報社，和爸爸共進晚餐（連我都因順道過訪，吃過幾回）。然後再繼續工作，他和孫伯伯的感情和默契，就在那個時候培養出來的。一個是充分信賴，一個是全力以赴，在文藝界那是相當難得的。

因爲文字使他結交了許多文藝界的朋友，而〈中副〉是當時副刊的主流，每到〈中副〉開新春聯歡茶會時，眞正是人文薈萃，盛極一時。在許多懷念文字中，可以看出朋友及青年作者，對父親的眞情，每讀一篇都叫我熱淚盈眶，情難掩抑，對於一個編者而言，我想他應該會感到安慰了！

接掌中國文藝協會，他有滿腹的理想、計畫來推動文藝，在〈文協的再出發〉（發表時編者更名〈爲去腐生新話文協〉）一文中表達了他文化建國的理想。他相信，文藝界需要一個健全的家，他也希望熱愛文藝的青年朋友參與，他更列出了許多方案，逐項在推動，雖然沒錢又沒人，但他一樣全力以赴。去年和媽媽的金婚紀念，即是爲了安排大陸作家——李元洛先生訪臺，忙得沒有時間和媽媽一塊慶祝，如今對媽媽的允諾也成了永遠的遺憾。

我知道，世間難有絕對的圓滿，父親與大哥的相繼離去，對我們而言，固是難以承受的傷痛，但我知道他所散播下的種籽已然發芽茁長，而他對我們的愛，仍將是全家凝聚的中心和豐富的寶藏，永不消逝。父親走了嗎？我想，他只是和大哥在一起，換一個方式，與我們以心靈相會。父親與我們永不分離。

注：作者原有二子三女，唯長女白雲深陷大陸，由祖母撫養。政府開放探親後，前年方由雲南省來臺探親。

常常夢見他

——父親總在我身邊

夏紅

又夢見爸爸了。全家人圍繞著他，他神情愉快的望著每一個人，手裏拿枝煙，輕鬆的談笑，聲調緩慢而清晰，一如往日。

爸爸過世後，我們常常在夢裏相見，或同桌吃飯，或喝茶聊天，或他練書法，我在一旁學習。一切都那麼平常，平常得好像——他還在我身邊。

爸爸對他的五個兒女愛之深，影響之大（尤其是我），在親朋好友中，出了名的。從童年到成人，朋友相聚談天說地時，我總是自然而然的談到我的家庭，常常開口我爸爸說，閉口我媽媽講，奉他們的話爲經典，或是報導我們的獨家消息，夏府趣聞，讓朋友們好生羨慕。熟知我成長過程的同窗寶珍就常說：「夏紅，你知道嗎？你得到的最多了，你從小到大，一路都在享受你父母給你的。」是的，我知道，我得到最多，一生受用不盡。

爸爸改造了我

五個孩子裏，我是最麻煩的一個。小學時期，我貪玩不愛唸書，學校的功課，除了國語和美術以外，一律都討厭。還有一個大仇家，就是算術，我對它恨之入骨。小時候，我常常對著算術課本大吼：「你站出來呀！我打死你。」當然，我不但沒能打死它，還常因它而挨打。有一次，算術考十四分，媽媽二話不說，揚起雞毛撢子，就準備給我來一客炒肉絲。爸爸趕來營救，他不溫不火的說：「想當年，我幾何才考三分，女兒比爸爸多了十一分，不打，不打，下次進步就好。」爸爸就有這種本事，四兩撥千金，化險爲夷。不但如此，常常在大難平定後，再附贈一個笑話，兩個故事，來緩和氣氛，一笑解凍。他眼看著媽媽拿雞毛撢子的手垂了下來，就說了一個他小時候的笑話；說他有一回好不容易得了個一百分，興奮得揮著考卷，連跑帶叫的進門，對祖母說：「媽媽看，一百分！」，一邊用袖子擦著鼻涕，祖母說什麼一百分呀！爸爸用力把鼻涕一吸說：「衛生一百分」。大家笑成一團，對我的十四分就沒有那麼計較了。

事後，爸爸端把小凳子，讓我坐在他面前，我知道又要開始了。每次我們犯了錯，他不生氣，不打不罵，只慢慢的說故事，一個接一個。爸爸是舉例高手，他可以舉出一堆；本來同你一樣，後來努力奮鬥，克服困難，終於成功的例子；從唐宋元明清到他自己都有。他慢條斯理，表情生動，遣詞用句都很淺顯有趣，又不時帶上一些流行字眼，一點兒都不八股，說得非常好聽，等你入神了，他會摸摸你的頭，拍拍你的肩膀，深具信心的說：「你也做得到！」，爸爸的話，從來不是打進去的，我們是眞聽進去了，對日後爲人處事，頗有啟發。

小學畢業後，我橫考豎考都沒有考上初中，說什麼也不想再唸書了。不唸書，要做什麼呢？我把自己關在房裏，很認眞的想著。爸爸問起來，要答得出來呀！先想我喜歡什麼？我喜歡畫畫，對！就做一個畫家吧。光是畫畫還不够，得把國文和英文唸好。國文爸爸可以教，英文就去美爾敦讀吧，聽說從二十六個字母開始，讀四年就等於大學畢業的程度了。將來不是一樣有成就嗎？行行出狀元嘛。我很快的就想出這麼一個逃避學校功課的法子，也奠定了我人生的目標，嗯，太捧了，有創意。可是，如何讓爸爸媽媽知道呢？

我把紙裁成長條形，一張一張的連接起來，做成經摺裝的樣子，小小厚厚的一本。把我的想法，五個字一句的，寫成我所謂的五言長詩，其中最重要的一段，大概是這樣的：

學校不好玩
算術最討厭
老師兇巴巴

實在沒意思
我喜歡畫畫
立志當畫家
拜師陶壽伯
門下當學生
早上學國畫
下午美爾敦
讀好ＡＢＣ
英文呱呱叫
……

洋洋灑灑，起碼千字，足以表明心跡了。我把「投書」偷偷放在爸爸桌上，期待他快一點發現。

晚飯後，爸爸說要帶我去散步。他牽著我沿著新生南路上的瑠公圳，邊走邊談。對於我的「長詩」，他先表嘉許，至於我的構想，他也認爲不錯。我猜他是同意了，高興得發下宏願，說要努力不懈，成爲一個名揚四海的畫家。

我們坐在瑠公圳邊的草地上，爸爸一口氣說了好幾個古今中外畫家的故事，有風格獨特，享譽國際的；有三餐不濟，落魄潦倒的；有生前一幅畫都賣不出去，死後才成名的。我則一心只在做我不必上學的美夢。爸爸突然說：「唉呀！你不繼續升學，將來身份證上，學歷那一欄就永遠是小學畢業哦。」他用湖南口音把小學畢業四個字加強了語氣，我隨著他的音調認眞思考，爸爸又說：「學校其實是很好玩的，會有很的活動，你看，像哥哥姊姊一樣，認識很多老師和同學，多好啊！」我翻翻眼睛，想到了數學，抿著嘴，猛搖頭。

爸爸的耐性，實在是好得出奇，他不厭其煩的敍述著他學生時代的趣事，又教我應付學校功課的方法，加強文科以平衡理科，對數學要試著化敵爲友，我仍然沒有點頭。他拉著我從草地上站起來，看了看錶說很晚了，去吃個宵夜吧，我欣然同意。新生南路上有一家萬有小吃店，是爸爸和周棄子伯伯他們平常打牙祭的地方。我們小孩表現好時，也偶爾成爲座上客。我點了一碗牛肉細粉，慢慢的品嚐著。爸爸很快的喝完了他的湯，輕描淡寫的說：「有所私立中學，校長是爸爸的老朋友，你去讀吧！讀完初中，可以直升高中，將來照樣可以考取大專院校，你不喜歡數學，可以讀文學或美術呀！你想想看，好不好？」爸爸用衛生紙擦去我額上的汗，又補了一句：「還是一樣可以去陶伯伯家學畫畫呀！本事和文憑都有了，一舉兩得吔。」微笑著等我回答，也許因爲他誠懇的笑容，也可能是那碗牛肉細粉起了作用，我抹一抹油呼呼的嘴，用力的點了點頭。我相信爸爸。

這一點頭，改變了我的一生。有關我小學畢業就不想唸書了的這一段舊事，後來爸爸在〈老爸的心曲〉一文中也曾談起，可見他的用心良苦。如今回憶起來，眞是百感交集，那一晚的深談和決定，對我而言，實在意義重大。

我進了中學，在校長和老師的特別照顧下，長才得以發揮，數學的陰影漸漸遠離。爸爸媽媽對我更是鼓勵多於責備，使我信心倍增，自動自發，表現突出，在學校裏非常活躍，眞應了爸爸的那句話——「學校其實是很好玩的」。我也眞的交了許多好朋友，交友有道，絕對是受父親的影響，他教我們要誠懇、包容、合羣。中學六年，從演講、作文、美術比賽到模範生，我一共得了十六張獎狀。從不想唸書了，搖身一變成爲優良學生，是爸爸改造了我，我變得勇敢、自信、快樂。

難忘的舞會

同學要幫我開個生日舞會。爸爸說：「好啊！就在我們家開好了。」媽媽也贊成，爸媽向來歡迎我們把同學帶到家裏玩，以便瞭解我們的交友情況。

我生日那天中午，爸爸神秘兮兮的抱著一包東西回來，要我猜是什麼？我猜不出來。他把紙包往桌上一倒，灑出一堆金光閃閃、五顏六色的耳環，有七、八副吧，非常耀眼。我十分驚喜，沒想到他會買耳環。爸爸撈起幾副，捧在掌心說：「來看那一副最配你晚上要穿的衣服，這都是今年最流行的喲！」我好玩的挑出其中一副，想看仔細些，爸爸以爲我是選定了，高興的接過去，一手拎一隻，貼在他自己的耳朵上，搖晃著腦袋說：「漂不漂亮啊！」表情實在可愛極了，他會湊興，逗你開心。「漂亮！」，我決定晚上就戴這一副。

我把耳環收好，順便整理房間，爸爸在客廳檢場，看還需不需要添加些什麼。

我聽到敲擊玻璃，清脆的聲音。出來一看，見長桌上鍋碗瓢盆，排列整齊，水果罐頭、檸檬、冰塊、果汁、酒，應有盡有。爸爸則神情愉快，笑而不語，一手拿湯匙，一手拿蘋果西打，加一點，調一調，像打擊樂師兼變魔術，叮叮噹噹調來配去，忙個不亦樂乎。擡起頭來看到我，笑咪咪的說：「來嚐一嚐爸爸的鷄尾酒。」父女二人，你乾我敬的，好不痛快。

客人都來齊了，爸爸媽媽先和我一起切蛋糕拍照，然後爲我們開舞。這是他早就期待的，人家開舞開一支，他一開就是三支，三曲舞罷，才意猶未盡的舉杯對大家說：「我們出去走一走，你們盡情的玩，祝大家生日快樂！」

舞會過後，同學們都說做我爸爸的女兒眞好！

父親的幽默

爸爸認爲幽默感是可以培養的。他常說幽默使人愉悅，早上快樂，一天快樂，他建議我們，早上看報時，先找一則笑話，或漫畫來看，讓自己有一個輕鬆愉快的開始，好面對忙碌的一天。不過最重要的是，要會幽別人的默，也要能幽自己一默。

前年，大姊從雲南回來與家人團聚，那是相隔四十年後，她第一次享受天倫之樂。白天她和爸爸媽媽三人在家，爸爸當然盡量製造愉快氣氛。大姊告訴我，有一天早上，爸爸不小心把媽媽熬的一鍋湯給打翻了。他自知闖下大禍，一言不發，整理好廚房後又悄悄拿起掃把去掃前後走廊，外帶澆花，整修盆景，忙得氣喘吁吁，汗流浹背。媽媽愛乾淨，可是近年來實在做不動了，偶爾請爸爸幫忙，他總是推三阻四，很少動手。這一天，他是勤快過頭了。爸爸擠著一隻眼睛，對經過十年文革的大姊，用她熟悉的詞彙說：「嘿嘿！趁妳媽大發雷霆之前，我先自動勞改，不然啊，待會兒被下放到那裏去都不知道。」一邊做出調皮的表情，大姊笑歪了。正要來興師問罪的老媽，好氣又好笑的瞅了老爸一眼說：「勞改，勞改有火腿湯給你喝啊！」念他知過能改，從輕發落。她就是對爸爸這麼莫可奈何，又不得不佩服他的幽默。

媽媽性急，爸爸慢吞吞。平日夫妻感情甚好，唯當速度配合不上，影響工作效率時，就難免有人遭殃。媽媽罵起人來，聲音響亮，字字清楚，句句著理，雷聲大，雨點也大，完全是暴雨來臨的態勢。每每遇到這種陣仗，爸爸都表現了高度的修養，絕不多言。等媽媽喘口氣，快要平靜下來時，他就在一旁哼唱起來，「噹、登、登登、的的噹」，是一代女皇的調子，等到媽媽的聲音完全落地，他就一手搭著媽媽的肩膀，一手比向媽媽，好像介紹的樣子，大聲的唱道：「……一代女皇——武、則、天、登、登、登」爸爸歌聲很好，表情滑稽，常能博得媽媽一笑大事化小，小事化無。

老爸情懷總是詩

媽媽做新嫁娘時，因處抗戰期間，沒什麼婚紗攝影。十週年紀念時，在臺灣，才補拍了一幀穿白紗的照片，照片兩旁，爸爸題有對聯一副：

疏狂竟誤英雄業

患難偏增伉儷情

從此以後，每隔十年，從錫婚到金婚，他們都再穿禮服，拍照留念。結婚四十週年紀念時，爸爸媽媽雙雙穿上古式結婚禮服留影，爸爸長袍馬褂，頭戴瓜皮小帽。媽媽鳳冠霞帔，腳穿繡花紅鞋。臉上幸福洋溢，伉儷之情與年俱增。

秀才人情紙一張，多年來，爸爸送給媽媽的，也常常是紙一張，不能吃不能用，卻是情見乎辭，彌足珍貴。

結婚四十七週年紀念時，媽媽得到的禮物是爸爸的幾首打油詩。她視若珍寶，貼身收藏。幾番重讀，早已會背。而今斯人已去，她望著空盪的房子，展紙再讀，紙已泛黃情猶在，怎不教她泫然欲泣：

結婚四十七年　做一對患難夫妻　愧我百事少成　只巴望兒賢女孝
浮海三千餘里　養幾個心肝寶貝　笑你萬般無奈　總嘮叨福少氣多

熟悉的用語，整齊的對仗，這五十二個字，永遠刻在媽媽的心版上。對她而言，「患難」早已過去，「少成」從來不怨，「無奈」——還是無奈。

爸爸除了送媽媽「會說話的紙」，偶爾也送幾張彩色紙，為數雖然不多，情意甚是深濃，趣味更是無人可比。他在紅包裏放了兩張鈔票，在紅包上面寫著：

秋芳陛下笑納
天熱出門太苦　西餐胃納不佳
敬奉兩千臺幣　代表一束鮮花

不叛之臣敬上

他們這對夫妻，如媽媽所說，和別人頗不相同。夏饒兩家是世交，父親七歲，母親五歲時，他們就訂婚了。這一訂，就訂下了六十六年同甘苦共患難的悲歡歲月，也訂下了難分難捨的一世情緣。爸爸這首七言，最叫媽媽追思：

相伴嘮叨自有緣
嘮叨半世意纏綿
從來不厭嘮叨苦
寧願嘮叨到百年

他們是兒時玩伴，少年情侶，青年時夫妻，中年為生活奮鬥的戰友，晚年相看兩不厭的老來伴，相依相隨，少有分離。

老爸如詩般的情懷，是老媽最珍貴的收藏，她珍惜那份「有緣」，追憶那份「纏綿」，只恨不能到百年。

最後的聲音

三月六日清晨，父親突然呼吸不暢，不能言語，眉心發紅，完全昏迷了。母親冷靜觀察，沉著應付，她自忖大概是中風，常識告訴她不可隨便移動病人，所以只將假牙輕輕取出，然後請來鄰居忠孝醫院的醫生，一量血壓，高血壓二三〇，低血壓一一〇，立刻送榮總急診。

我趕去醫院時，爸爸一度清醒，說了許多話，起先很清楚。醫生指著媽媽問他：「這是誰？」他說：「這是我太太。」醫生又問：「你太太叫什麼名字？」他清清楚楚，一個字一個字的說：「饒——秋——芳」，這大概就是爸爸最後的聲音了。母親陪伴父親走過一甲子，患難與共，甘苦備嚐，這最後的一聲，也許是感謝，也許是放心不下，也許是——道別。

之後，爸爸再度陷入昏迷狀態，講話完全含糊不清，這之中他又兩度出血。我站在他身旁，用力壓住他的手，不許他拔鼻管。爸爸卻一直搶我的錶，強烈的顯示想要知道時間，我雙手包住他已經腫大的手掌，說：「爸爸，現在三點半，你要做什麼？有什麼事嗎？」他聽到三點半，把手垂了下來，不再用力。是擔心什麼事嗎？還是有什麼會要開？顯然三點半已經過時了。爸爸！放下吧，放下一切重擔，不要再擔憂了，我揉著棉被，叫出聲來！

傍晚時，爸爸經過四度出血，已經不能自己呼吸了。帶上氧氣罩，送入加護病房，一直到三月二十八號，他都沒有再醒來過。

樹欲靜而風不止，子欲養而親不待。父親從來不指望我們奉養，只希望我們有一點像他，喜歡文學，能寫文章，五個子女卻沒有一個做到。父親已離開人世，我們的文學作業還是零分，一生中的第一篇文章，竟是祭父文，走筆至此，不禁涔然落淚，悔愧難當。

肉體的分離，不算分離，美好的回憶，隨時讓我回到往日。我與爸爸夢裏常相見，心永遠相連，就好像他還在我身邊。

三民叢刊書目

㉔臺灣文學風貌　李瑞騰著
㉕干儛集　黃翰荻著
㉖作家與作品　謝冰瑩著
㉗冰瑩書信　謝冰瑩著
㉘冰瑩遊記　謝冰瑩著
㉙冰瑩憶往　謝冰瑩著
㉚冰瑩懷舊　謝冰瑩著
㉛與世界文壇對話　鄭樹森著
㉜捉狂下的興嘆　南方朔著
㉝猶記風吹水上鱗
・錢穆與現代中國學術　余英時著
㉞形象與言語
・西方現代藝術評論文集　李明明著
㉟紅學論集　潘重規著
㊱憂鬱與狂熱　孫瑋芒著
㊲黃昏過客　沙　究著
㊳帶詩蹺課去　徐望雲著
㊴走出銅像國　龔鵬程著
㊵伴我半世紀的那把琴　鄧昌國著
㊶深層思考與思考深層
・轉型期國際政治的觀察　劉必榮著
㊷瞬　間　周志文著
㊸兩岸迷宮遊戲　楊　渡著
㊹德國問題與歐洲秩序　彭滂沱著
㊺文學關懷　李瑞騰著
㊻未能忘情　劉紹銘著
㊼發展路上艱難多　孫　震著
㊽胡適叢論　周質平著
㊾水與水神
・中國的民俗與人文　王孝廉著
㊿由英雄的人到人的泯滅
・法國當代文學論集　金恆杰著
51重商主義的窘境　賴建誠著
52中國文化與現代變遷　余英時著
53橡溪雜拾　思　果著

54 統一後的德國　郭恆鈺主編
55 愛廬談文學　黃永武著
56 南十字星座　呂大明著
57 重疊的足跡　韓　秀著
58 書鄉長短調　黃碧端著
59 愛情·仇恨·政治
·漢姆雷特專論及其他　朱立民著
60 蝴蝶球傳奇　顏匯增著
·真實與虛構
61 文化啓示錄　南方朔著
62 日本這個國家　章　陸著
63 在沉寂與鼎沸之間　黃碧端著
64 民主與兩岸動向　余英時著
65 靈魂的按摩　劉紹銘著
66 迎向眾聲　向　陽著
·八〇年代臺灣文化情境觀察
67 蛻變中的臺灣經濟　于宗先著
68 從現代到當代　鄭樹森著

69 嚴肅的遊戲　楊錦郁著
·當代文藝訪談錄
70 甜鹹酸梅　向　明著
71 楓　香　黃國彬著
72 日本深層　齊　濤著
73 美麗的負荷　封德屏著
74 現代文明的隱者　周陽山著
75 煙火與噴泉　白　靈著
76 七十浮跡　項退結著
·生活體驗與思考
77 永恆的彩虹　小　民著
78 情繫一環　梁錫華著
79 遠山一抹　思　果著
80 尋找希望的星空　呂大明著
81 領養一株雲杉　黃文範著
82 浮世情懷　劉安諾著
83 天涯長青　趙淑俠著
84 文學札記　黃國彬著

⑧⑨心路的嬉逐

劉延湘 著

本書筆調清新幽默，論理深刻而又能落實於生活踐履。走一趟作者精心安排的「心路」之旅，您將莞爾一笑，心情頓時開朗。而您也將發現，原以爲只是一條山間小路，結果卻是風景優美，鳥語花香的舒坦大道。

⑨⑩情書外一章

韓秀 著

情與愛是人類謳歌不盡的永恆主題，它爲空虛貧乏的現代生活加添了無數的色彩。本書記錄下了作者在日常生活中感受到的親情、愛情、友情及故園情，在書中點滴的情感交流裏，在這些溫馨的文字中，我們是否也能試著尋回一些早已失去的東西。

⑨①情到深處

簡宛 著

本書是作者旅美二十五年後的第二十五本結集。身爲一個教育家，作者以其溫婉親切的筆調，寫出篇篇充滿溫情的佳構，不惟感動人心，亦復激勵人性。將愛、生活與學習確實的體驗，眞正感受到人生的有情，生命也因此生意盎然。

⑨②父女對話

陳冠學 著

一位老父與五歲幼女徜徉在山林之間，山林蓊鬱，山泉甘冽，這裏自有一份孤獨的甘美。本書是記述作者父女在人世僻靜的一個角落，過著遺世獨立生活的文字畫。舉世滔滔，這應是一面明鏡，堪供讀者對照。

⑬陳冲前傳

嚴歌苓 著

在好萊塢市場，多少人一夜成名直步青雲，又有多少人一朝雲中跌落從此絕跡銀海。身爲一個中國人，陳冲是經過多少的奮鬥與波折，身爲一個聰慧多感的女子，她又是經過多少的心路激盪，才能處於這洶湧波滔中。本書將爲您娓娓道出陳冲的故事。

⑭面壁笑人類

祖慰 著

本書是有「怪味小說派」之稱的大陸作家祖慰，在巴黎面壁五年悟得的佳構。他的散文神遊八荒，情貫萬里，將理性的思惟和非理性的激情雜揉一起。讀其作品既能吸收大量的科普知識，又可汲取其飄逸文風的美感享受。

⑮不老的詩心

夏鐵肩 著

夏先生一生從事文化工作，大半心力都用在鼓勵培植有潛能的青年人，助他們走上文學貢獻之路。而他本身亦創作出不少的長短佳文。本書收錄計有：詩詞小品、散文、方塊評論等。作者一顆不老的詩心，洋溢在篇篇佳構中。

⑯雲霧之國

合山究 著

使中國風土之特殊性獨具一格的，與其說是天地的廣大，不如說是因塵埃、雲煙等而爲之朦朦朧朧的自然空間吧！精氣、神仙、老莊、龍、山水畫、奇書等，其產生是有如何玄妙的根源啊！就以「雲霧」爲起點，讓我們一起走進這美麗幻夢般的世界。

97 北京城不是一天造成的　喜樂 著

打從距今七百五十多年前開始，北京城走進歷史的繁華紛亂。現在，且輕輕走進史册中尋常百姓的那頁，一盞清茶、幾盤小點，看純中國的挿畫、尋純中國的足跡。由博學多聞的喜樂先生做嚮導，就讓你我在古意盎然中，細聆歲月的故事。

98 兩城憶往　楊孔鑫 著

霧裡的倫敦、浪漫的巴黎，除此之外，這兩城你可還留有其他印象。本書是作者派駐歐洲新聞工作二十多年的記錄。透過作者敏銳的筆觸，且讓讀者徜徉在花都、霧城的政經社會、文化藝術、風土人情以及歷史背景中。

99 詩情與俠骨　莊因 著

一顆明慧的善心與眞摯的情感，經過俠骨詩情的鑄煉，將生活上的人情世事，轉化爲最優美動人的文句，呈現出自然明朗瀟脫的風格。文學對於作者而言，不僅是興趣，更是他的生命，但他不泥古而創新，在其文章中俯首可拾古典與現代的完美融合。

100 文化脈動　張錯 著

「我是一個文化悲觀者，因爲我個人一直堅持某種希臘式的古典禮範，而這種文學或文化古典禮範，已日漸有如夫子當年春秋戰國的禮崩樂壞。」作者就是以這顆悲憫的心，用詩人敏銳的筆觸，深刻而熱切的批判著臺灣的文化怪象。

101 桑樹下

繆天華 著

本書是作者在斗室外桑樹蔭的綠窗下寫就的小品散文。作者試圖在記憶的深處，尋回那些感人甚深的、發人深省的，或者趣味濃郁的人文逸事，不惟激勵讀者高遠的志趣，亦能遠離消沉、絕望的深淵。

102 牛頓來訪

石家興 著

本書爲作者三十多年來從事科學工作的心情寫照，包括思想、報導、論述、親情、遊記等等。文中處處流露出作者對科學的執著與熱愛，及超越科學之外的人文情懷，篇篇清新雋永，理中含情，情中有理，爲科學與文學的結合，作了一番完美的見證。

103 深情回眸

鮑曉暉 著

作者生長在一個顛沛流離的時代，雖然歷經千辛萬苦，但行文於字裏行間，卻不見怨天尤人；有的只是對以往和艱苦環境奮鬥的懷念及對現今生活的珍惜，以及世間人事物的觀照及關懷。做爲一本懷舊之作，或是清新的生活小品，本書皆爲上乘之作。

104 新詩補給站

渡也 著

你寫過新詩嗎？你知道如何寫一首具有詩味的新詩？本書是由甫獲得「創世紀四十周年創作獎」的詩人兼詩評論家渡也先生，深入而精闢的剖析一首新詩的形成過程，指導初學者從如何造簡單句到如何寫出一首詩，是一本值得新詩愛好者注意的書。

⑩鳳凰遊

李元洛　著

一生從事古典與現代詩論研究的大陸學者李元洛先生，如何在放下嚴肅的評論之筆，轉而用詩人細膩的筆觸，摹寫山水大地的記行，以及人生轉蓬的寄悵，書中句句是箴語、處處有眞情，值得您細品。

⑩文學人語

高大鵬　著

忙碌的社會分散了人們的注意力、淡化了人們對身旁人事物的感情，任由冷漠充塡在你我四周……而本書的作者以感性的筆觸，表達了自己對身旁人事物的眞心關懷，以平實的文字與讀者分享所遇所感，無疑是給每個冷漠的心靈甘霖般的滋潤。

⑩養狗政治學

鄭赤琰　著

身處地理、政治環境特殊的香港，作者藉由動物的百態來反諷社會上種種光怪陸離的政治現象，在其輕鬆幽默的筆調背後，同時亦蘊含了嚴肅的意義。這一則則的政治寓言，讀之不僅令人莞爾一笑，更具有發人深省的作用，批判中帶有著深切的期盼。

⑩烟　塵

姜　穆　著

作者是一位出生於貴州的苗族人，卻意外的捲入戰爭。在臺娶妻生子後，所抒發對戰亂、種族及親人的眞誠關懷。內容深沈、筆觸清新，充分顯露在生活的烈焰煎熬下，早已視一切如浮雲，淡泊名利，將其一生的激越昂揚盡付千里烟塵中。

⑽⑼河　宴

鍾怡雯　著

人間繁華的請柬處處，不如赴一場難得的野宴。聽一回水的演奏、看一場山的表演，再來細細品味鍾怡雯爲您端出來的山野豐盛清淡的饗宴——極盡可口的綠、十分道地的藍，以及不加調味料的白。

⑾⑽滬上春秋

章念馳　著

章太炎，這位中國近代史上的思想家、政治家，曾因領導戊戌變法失敗而流亡海外。他雖是浙江餘姚人，卻有大半輩子的歲月是在上海度過。本書是由章太炎的嫡孫章念馳先生，從家族的口述和史料中，完整的敍述章太炎的這段滬上春秋。

⑾⑾愛廬談心事

黃永武　著

每個人心中都有一枝彩筆，然而在趕遠路、忙上班的歲月裏，枕頭上的日升月降中，像拋來擲去的跳丸，彩筆就這樣褪去了顏色……本書作者在辭去沈重的教職和繁雜的行政工作後，重拾心中的彩筆，爲您宣說一篇篇的文學心事。

⑾⑿吹不散的人影

高大鵬　著

時代替換的快速，不知替換了多少人生舞臺上出現刹那的面孔；而人類，偏又是最健忘的族群。本書中所收錄的文章，均是作者用客觀的筆，爲曾替人類社會或文化默默辛勤耕耘的「園丁」們，做最眞實的文字記錄。

⑪ 草鞋權貴

嚴歌苓 著

曾經叱吒風雲的老將軍，是程家大院的最高權威，九個承繼他刁鑽聰明的兒女，則個個心懷鬼胎……一個來自鄉下的伶俐女孩，被命運的安排，走入這權貴世家。威權的代溝、情份的激盪、所有內心的驕傲與傷痛，這會是怎樣的衝突，怎樣的一生？

⑭ 是我們改變了世界

張放 著

從事文學藝術的工作者是「人類靈魂的工程師」。如果作家不能提高廣大讀者的精神生活品質，而僅爲娛樂人心、滿足人們的好奇和刺激，那麼與馬戲團的小丑或兜售春藥的小販何異？故而作者不禁要問：是我們改變了世界，還是世界改變了我和你？

⑮ 夢裡有隻小小船

夏小舟 著

日本人參加婚禮愛穿黑色、日本料理味輕單調、日本人性格分ABCD、還有情書居然可以賣……於日本敎書的大陸作家夏小舟，在本書除了告訴你作者旅日的見聞趣事外，也且隨她乘坐那夢裡的小小船，航行向那魂縈夢遷的故國灣港中。

國立中央圖書館出版品預行編目資料

不老的詩心／夏鐵肩著. --初版. --臺
北市：三民，民84
面；　公分. --(三民叢刊;95)
ISBN 957-14-2140-5（平裝）

812　　84000254

© 不老的詩心

著作人　夏鐵肩
發行人　劉振强
著作財產權人　三民書局股份有限公司
臺北市復興北路三八六號
發行所　三民書局股份有限公司
地　址／臺北市復興北路三八六號
郵　撥／〇〇〇九九九八一五號
印刷所　三民書局股份有限公司
門市部　復北店／臺北市復興北路三八六號
重南店／臺北市重慶南路一段六十一號
初　版　中華民國八十四年二月
編　號　S 81071
基本定價　肆元陸角柒分
行政院新聞局登記證局版臺業字第〇二〇〇號

ISBN 957-14-2140-5（平裝）